독보군림

임영기 新무협 판타지 소설
FANTASTIC ORIENTAL HEROES

독보군림 7

임영기 新무협 판타지 소설

초판 1쇄 찍은 날 § 2007년 11월 20일
초판 1쇄 펴낸 날 § 2007년 11월 27일

지은이 § 임영기
펴낸이 § 서경석

편집장 § 문혜영
편집 § 장상수 · 최하나

펴낸곳 § 도서출판 청어람
등록번호 § 제1081-1-89호
등록일자 § 1999. 5. 31
어람번호 § 제2-1350호

주소 § 경기도 부천시 원미구 심곡1동 350-1 남성B/D 3F (우) 420-011
전화 § 032-656-4452 팩스 § 032-656-4453
http://www.chungeoram.com
E-mail § eoram99@chollian.net

ⓒ 임영기, 2007

ISBN 978-89-251-1030-1 04810
ISBN 978-89-251-0745-5 (세트)

임영기

新무협 판타지 소설

FANTASTIC ORIENTAL HEROES

바라구림

7

형제(兄弟)

도서출판 청어람

目次

第六十四章
검풍일호(劍風一號)

설무검은 천천히 실내를 둘러보았다.

모든 가구와 장식들이 더할 수 없이 초호화판이었다.

과거 설무검이 중천군림성 성주였던 시절의 방보다 더 크고 화려했다.

"이쪽으로."

그때 검풍일호의 전음이 딱딱하게 들려왔다.

설무검이 고개를 돌리자 창에서 이 장쯤 떨어진 모서리에 서 있는 검풍일호의 모습이 보였다.

그녀의 양 옆에는 서가와 장식장까지 있어서 모서리 안쪽에 서 있는 그녀의 모습이 푹 파묻히는 바람에 여간해서는 잘 보이지 않았다.

남의 눈에 잘 띄지 않으면서도 도주로인 창에서 멀리 떨어지지 않은 곳을 찾는 것은 살수의 법칙이며 본능이었다.

지금 설무검은 실내 한가운데에 우뚝 서 있지만, 바깥에서 들려오는 온갖 소리들을 모두 감지하고 있었다.

아무리 미약한 소리라고 해도 그의 청력을 벗어날 수는 없는 상황이다.

그러므로 누군가 이곳으로 접근하는 소리를 감지한 후에 피해도 늦지는 않을 터이다. 하지만 그는 검풍일호 곁으로 다가갔다.

눈에 잘 띄는 곳에 서 있지 말라고 하는 그녀의 뜻을 존중하는 의미에서였다.

설무검이 곁으로 다가오자 검풍일호는 몸을 약간 옆으로 이동하여 그가 좁은 공간 속으로 들어올 수 있도록 틈을 내주었다.

"표적은 특별한 일이 없는 경우 보통 자시 경에 자신의 거처로 옵니다. 표적 주위에는 항상 네 명의 호위고수가 그림자처럼 지킵니다. 그러나 호위고수들은 방 안으로 따라 들어오지는 않습니다."

검풍일호가 높낮이 없는 전음 목소리로 자신이 알아낸 사해무적에 대해서 알려주었다.

설무검은 그녀가 말하는 네 명의 호위고수가 하루 종일 사해무적 곁을 떠나지 않으면서 호위하는 사해사왕(四海四王)일 것이라고 생각했다.

그들을 직접 본 적은 없지만, 그들 네 명의 실력이 사해무적을 세 명쯤 합쳐 놓은 정도라는 얘기는 언젠가 들은 적이 있는 것 같았다.

어쨌든 상관이 없다.

사해무적의 거처에 들어왔으니 놈을 죽이는 데 거치적거리는 자들은 죽여 버리면 그만이다.

자정까지는 반 시진 정도 남았다. 설무검은 비로소 조금 여유를 갖고 검풍일호를 쳐다보았다.

그러나 그녀는 설무검의 시선을 느꼈을 텐데도 꼿꼿하게 서서 정면만을 주시하고 있었다.

예전의 설무검이라면 검풍일호의 도움을 당연하게 받아들였을 것이다.

그녀는 단지 은자랑의 명령에 따라 설무검에게 도움을 제공하는 것뿐이다. 그러므로 고마움을 표시하려면 은자랑에게 할 일이지 검풍일호에게는 아니다.

그렇지만 지금의 설무검은 예전과 많이 달라졌다. 사람을 알고, 사람끼리의 정을 알게 되었다.

북방의 산적 소굴 흑풍채에서 다시 태어난 그는 그때부터 인간애와 정으로 사람을 상대했다.

예전의 중천절 검신이 힘과 권력으로 고수들을 굴복시켜서 자신의 수하로 거느렸었다면, 지금의 설무검은 끈끈한 정과 신의로써 형제들을 만들었다.

수하는 배신을 할 수 있지만, 형제는 배신하지 않는다. 그것이 다르다.

설무검이 검풍일호를 보면서 담담히 물었다.

"이름이 뭐냐?"

"검풍일호."

검풍일호는 설무검이 묻는 의도를 알아들었을 텐데도 그렇게 대답했다.

"도와줘서 고맙다."

"그런 말은 루주에게 하십시오."

"그러지."

방법이야 어찌 됐든 설무검은 검풍일호에게 감사의 뜻을 전하고 싶었다.

그녀도 그런 그의 마음을 알아차렸을 것이다.

문득 설무검은 묻고 싶은 것이 하나 생각났다.

"금호방주를 죽이고 도주한 검풍루의 두 살수는 무사히 귀환했느냐?"

선화루에서 은자랑을 만난 것이 사흘 전이었다. 그때 은자랑은 아직 그들을 찾아내지 못했다고 말했다. 그래서 설무검은 지난 사흘 동안 진전이 있었는지 궁금했다.

정미보다는 소영이라는 살수에게 관심이 끌렸다. 그녀가 여자라는 사실을 알고 있으면서도 단소예가 그녀를 위해서 죽음을 불사했고, 또 함께 행동하고 있다는 사실 때문에 무관심하기가 어려웠다.

검풍일호는 한동안 잠자코 있다가 잠시 후에 여전히 정면을 응시한 채 예의 고저 없는 목소리로 대답했다.

"그들이 본 루만의 특수 노부(路符:표시)로 연락을 취해왔습니다. 그래서 연락이 닿았습니다. 그들은 현재 무사히 귀환 중이라고 합니다."

"다행이로군."

설무검은 고개를 끄덕였다.

잠시 무거운 침묵이 흘렀다. 설무검은 고개를 들어 조금 전에 자신들이 이 방으로 들어오는 통로로 삼았던 서가 뒤쪽 천장의 구멍을 쳐다보았다.

실내로 잠입한 후에 검풍일호가 뚜껑을 닫았기 때문에 감쪽같았다.

"자정입니다."

그때 검풍일호가 나직이 전음을 보냈다.

하지만 설무검은 그녀가 말하기 전부터 어떤 소리를 감지하고 있었다.

여섯 명이 점점 이쪽으로 다가오는 소리였다. 사해무적과 사해사왕이라면 다섯 명일 텐데, 감지되는 기척은 분명히 여섯 명이었다.

검풍일호는 아직 아무 기척도 느끼지 못했지만, 설무검이 방 입구를 주시하는 것을 보고 사해무적 등이 오고 있음을 알아차렸다.

그녀가 허리춤으로 손을 가져가는가 싶더니 어느새 두 사람의 모습이 그 자리에서 감쪽같이 사라졌다.

그녀가 벽 색깔과 같은 천을 꺼내 자신과 설무검을 가린 것이었다.

밖에서 보면 두 사람은 보이지 않았으며, 원래 있던 모서리도 사라져 버렸다.

대신 옆에 있는 가구가 원래의 길이보다 조금 더 길어져서 모서리를 꽉 채우고 있었다.

이번에는 천을 덮어 모습을 은폐시켰을 뿐만 아니라 천을 네모로 각을 지게 만들어서 가구가 모서리까지 이어진 것처럼 보이게 한 것이다.

물론 설무검과 검풍일호의 눈앞에는 천에 뚫린 작은 콩알 크기의 구멍이 하나씩 정확하게 자리를 잡았다. 실로 감탄할 만한 재주였다.

설무검은 검풍일호의 허리춤을 굽어보았다. 그녀는 얇은 요대를 허리에 두르고 있었는데, 거기에는 어린아이 손바닥 절반 크기의 작은 주머니 수십 개가 허리를 빙 둘러 빼곡하게 부착되어 있었다.

아마도 그 주머니들에는 색색의 천 말고도 살수들이 필요로 하는 여러 가지 장비들이 들어 있는 듯했다.

그때 검풍일호는 여섯 명이 전각 입구로 들어서는 발자국 소리를 감지했다.

여섯 명은 굳이 기척을 은폐시켜야 할 이유가 없었으므로 발자국 소리는 물론 숨소리와 옷자락이 펄럭이는 소리까지 생생하게 전해졌다.

설무검은 맞닿은 어깨를 통해서 검풍일호의 몸이 단단하게 경직되는 것을 느꼈다.

이번만큼은 자신이 표적을 죽이는 것이 아닌데도 살수의 본능이 그녀의 몸을 경직시키고 있었다.

그리고 언제부터인가 그녀의 호흡 소리가 들리지 않았다. 그렇지만 설무검은 그녀가 호흡을 하고 있는 중이라는 사실을 느끼고 있었다.

그런데도 호흡 소리가 들리지 않는다는 것은 피부호흡, 즉 모공호흡(毛孔呼吸)을 하고 있다는 뜻이다.

그녀는 완벽한 실수였다.

척!

그때 방문이 열렸다.

설무검이 구멍을 통해서 쳐다보자 두 사람이 실내로 들어서고 있는 것이 보였다.

낯익은 얼굴, 사해무적이었다.

그런데 그의 곁에 찰싹 붙어서 매달리듯 따라 들어오는 것은 분명 여자였다.

육 척의 제법 큰 키에 온몸이 단단한 바위를 연상시킬 정도로 크고 단단한 체구를 지닌 사해무적의 팔을 두 손으로 붙잡고 종알종알 참새처럼 지저귀면서 들어서는 여자는 이십오륙 세쯤의 나이인데, 하고 있는 모습이나 옷차림으로 미루어 기녀가 틀림없었다.

설무검이 익히 알고 있는 사해무적 관중(關仲)은 대단히 금욕적이면서도 체면을 중시하는 인물이라서 여자라고는 부인밖에 몰랐다.

하지만 그것은 육 년 전의 일이었다.

사람은 누구라도 변하는 법이다. 관중이라고 변하지 말라는 법이 없다.

어제는 심복이었던 자가 오늘은 배신자가 되는 것처럼.

사해무적 관중은 방에 들어서자마자 슬쩍 손을 흔들어 실내에 켜져 있는 다섯 개의 유등을 모조리 꺼버리고는 침상으로 가서 털썩 쓰러지듯이 누웠다.

여자가 관중의 곁에 눕더니 이불을 끌어 덮었다. 이어서 그에게 찰싹 달라붙으면서 종알거렸다.

"호호홋! 부주님! 이제 우리 둘뿐이니까 지금부터 천첩이 기분 좋게 해드릴게요!"

그리고는 잠시 동안 이불이 들썩거리면서 옷을 벗기는 부스럭거리는 소리가 나더니 이어서 살과 살끼리 부대끼는 사각거리는 소리가 들렸다.

설무검이 있는 곳에서 침상까지의 거리는 삼 장 정도였다.

불을 꺼서 어두웠지만 설무검이나 검풍일호 같은 고수에게는 별 문제가 되지 못했다.

관중은 가만히 누워 있는데, 여자가 혼자서 그의 몸을 쓰다듬고 만지느라 이불이 계속 들썩거렸으며 그녀의 가쁜 숨소리가 이어졌다.

설무검은 그들이 유희를 끝낼 때까지 기다리고 싶지 않았다.

그럴 만한 여유도 자비도 베풀고 싶지 않았다.

그는 천천히 천을 걷고 침상을 향해 걸어갔다.

검풍일호는 설무검의 두 발이 바닥에서 반 뼘쯤 뜬 상태에서 앞으로 걸어가고 있는 것을 발견했다. 허공답보(虛空踏步)

라는 상승의 신법이었다.

침상에서 여자의 헐떡이는 소리가 들려왔다. 숨소리는 점차 고조되고 있었다.

침상을 일 장 반쯤 남겨놓은 거리에서 갑자기 설무검의 몸이 둥실 허공으로 떠올랐다.

이어서 구름처럼 침상을 향해 비스듬히 쏘아갔다. 물론 추호의 기척도 나지 않았다.

육 년 전에 사해무적 관중은 설무검의 삼십 초 공격을 견디지 못하는 수준이었다.

그런데 지금의 설무검은 그때보다 삼 할 정도 무공이 증진된 상태다. 그러니 관중이 그의 적수가 될 수는 없었다. 변수가 없는 한, 관중은 죽은 목숨이나 다름이 없다.

"……!"

천장을 향해 반듯한 자세로 누운 채 여자에게 몸을 내맡기고 있던 관중의 두 눈이 한순간 크게 부릅떠졌다.

눈앞에, 아니, 허공중의 설무검이 아래를 향해 몸을 쭉 펴고 엎드린 자세로 떠 있는 것을 발견한 것이다.

그렇지만 관중은 아직 설무검의 얼굴을 제대로 알아보지는 못했다.

그저 흑의를 입은 낯선 사내 한 명이 관중의 몸 위 일 장 남짓 허공에 떠서 자신을 주시하고 있는 것을 발견하고 놀란 것이다.

숫!

순간 관중의 상체가 번개같이 일으켜졌으며, 어느새 그의 오른손에는 한 자루 금빛의 도가 쥐어져 있었다.

마치 이불 속에서 도를 쥐고 있었던 것 같았다. 게다가 그의 반응은 설무검이 예상했던 것보다 빨랐다. 마치 암습을 예상하고 있었다는 듯한 동작이었다.

파곽!

그는 막 상체를 일으키는 것과 동시에 설무검을 향해 도를 그어가려고 했다.

순간 설무검이 발출한 세 줄기 지풍이 번갯불처럼 쏘아져 그의 어깨와 목덜미의 혈도를 가볍게 찍어 마혈과 아혈을 동시에 제압해 버렸다.

털썩!

막 튀어 오르던 관중의 몸이 멈칫하더니 신음조차 지르지 못하고 상체를 다시 침상에 눕혔다.

스으으.

그때 설무검이 천천히 하강하면서 침상 옆 바닥에 소리없이 내려섰다.

그때까지도 여자는 이불 속에 머리를 처박은 채 무엇인가를 열심히 하고 있는 중이었다.

확!

설무검은 간단한 동작으로 이불을 젖혔다.

그러자 벌거벗겨진 관중의 하체 사타구니 사이에 얼굴을 묻은 채 알몸으로 웅크리고 있는 여자의 뒷모습이 적나라하게 드러났다.

문득 여자가 의아한 얼굴로 고개를 들고 두리번거렸다. 그녀의 입가에는 침이 질펀하게 묻고 또 흘러내리면서 번들거리고 있었다.

설무검은 번개같이 그녀의 마혈을 제압한 후에 가볍게 들어서 침상 아래 바닥에 내려놓았다.

관중은 침상에 반듯한 자세로 누워서 바지를 벗은 모습인데, 죽음을 앞둔 주인의 심정을 전혀 모르는지 잔뜩 성이 난 음경이 저 혼자 꺼떡거리고 있었다.

그런 광경은 죽음을 목전에 둔 지금의 절망적인 상황과는 묘한 모순이었다.

척!

설무검은 손을 뻗어 관중의 목을 움켜잡은 후 자신 쪽으로 똑바로 앉혔다.

그때까지도 관중은 설무검을 알아보지 못하고 있었다. 다만 난데없이 벌어진 상황 때문에 얼굴 가득 불신과 놀라움이 떠올라 있었다.

“관중, 더 잘돼 있을 줄 알았는데 실망이다.”

설무검이 담담한 얼굴로 관중을 주시하며 중얼거렸다. 그의 말은 전음의 수법이 아닌 그냥 육성이었다. 그렇지만 관중 외에는 아무도 듣지 못한다.

왜냐하면 설무검이 말에 약간의 공력을 주입해서 똑바로 관중에게만 흘려보냈기 때문이다.

관중은 눈을 껌뻑거렸다. 저승사자처럼 느닷없이 나타나서 자신을 제압한 이 흑의인이 도대체 무슨 소리를 지껄이는 것인지 염두를 굴리는 것이다.

그는 이 정체 모를 흑의인에게 몸만이 아니라 정신까지 완전히 압도당하고 말았다.

설무검은 관중을 단숨에 간단하게 죽이는 것을 원하지 않았다. 그가 통한의 피눈물을 흘리면서 엎드려 사죄하는 모습을 보고 싶었다.

“기르던 개가 주인을 향해서 짖더니[家狗向裏吠], 이제는 주인도 알아보지 못하느냐?”

설무검이 두 눈에서 으스스한 안광을 흘리면서 중얼거렸다. 물론 관중만 들을 수 있는 말이었다.

설무검의 얼굴이 지난 육 년 동안 많이 변했다고는 하지만, 과거 그의 최측근이었던 관중이 지척에서조차 알아보지 못할 정도는 아니었다.

지금 관중이 설무검을 알아보지 못하고 있는 것은 설마 설무검이 자신의 눈앞에 나타날 것이라고는 상상도 하지 못하고 있기 때문이었다.

순간 관중의 눈이 조금 더 커졌다. '주인'이라는 말이 그의 뇌리를 강타한 것이다.

'서… 설마……'

그의 시선이 설무검의 얼굴을 더듬듯이 훑었다.

그러다가 그의 뺨에 새겨진 뚜렷한 검흔에 이어서 두 눈에 고정되었다.

이글거리는 절대자의 눈이 거기에 있었다. 그제야 관중은 제압된 몸인데도 푸드득 온몸을 떨었다.

'처… 천주!'

그의 외침은 들리지 않았지만, 입 모양으로 미루어 그렇게 외쳤다는 것을 알 수 있었다.

그때 설무검은 검풍일호의 다급한 전음을 들었다.

"위험합니다!"

쉬이!

그와 동시에 허공을 가르는 미약한 파공음이 터졌다.

설무검은 반사적으로 파공음을 향해 재빨리 고개를 돌리다가 움찔 가볍게 놀랐다.

쉬익!

그가 조금 전에 혈도를 제압해서 바닥에 내려놓았던 알몸의 기녀가 어디에서 났는지 한 자루 검을 두 손으로 움켜잡은 채 설무검을 향해 맹렬히 베어오고 있었다.

그러나 설무검이 피하거나 반격을 가하기에는 이미 늦은 상황이었다.

그는 알몸의 여자가 평범한 기녀가 아니라는 사실을 그제야 깨달았다.

여자의 두 눈에서는 심후한 공력을 지닌 사람만이 발출할 수 있는 새파란 살기가 줄기줄기 폭사되었고, 베어오는 동작은 흠 잡을 데 없이 완벽했다. 또한 검에는 충만한 공력이 실려 있었다.

더구나 설무검은 여자가 위험한 존재일 것이라고는 추호도 생각하지 않았었다.

그리고 결정적으로 그녀는 설무검에게서 너무 가까운 곳에 있었다.

설무검이 여자의 혈도를 제압한 수법은 특수한 점혈수법이 아닌 평범한 수법이었다. 그런데 여자는 스스로 혈도를 푼 것이다.

방심이 화를 불렀다.

그녀의 검이 베어오는 곳은 설무검의 목.

설무검은 다급히 왼팔을 들어 올렸다.

왼팔을 잘리더라도 목숨을 잃지 않겠다는, 그리고 여자의 검이 자신의 왼팔을 자를 때 그녀의 목숨을 끊어놓겠다는 의도였다.

그 순간 또 다른 변화가 벌어졌다. 여자의 뒤 허공중에서 검풍일호가 그녀의 정수리를 노리고 번개같이 세로로 검을 그어 내리고 있었다.

검풍일호의 일검에는 일말의 파공음도 나지 않았다. 살수지검이기 때문이다.

순간 여자의 동공이 가벼이 흔들렸다.

이대로 계속 공격을 감행한다면 설무검의 왼팔을 자를 수 있을지는 모르겠지만 자신의 정수리가 쪼개지고 말 것이기 때문이었다.

검이 설무검의 왼팔에 닿으려는 찰나, 그녀는 갑자기 몸을 팽이처럼 빙그르 회전시키면서 탄력을 이용하여 검풍일호를 향해 수평으로 검을 베어갔다.

여자는 자신의 검이 더 빠를 것이라고 자신했고, 과연 그녀의 반사적인 동작은 놀랍도록 기민했다.

착!

파아!

두 개의 각기 다른 음향이 잔잔하게 흘러나왔다.

검풍일호의 검이 여자의 왼쪽 귀에서부터 반대편 귀 밑까지 비스듬히 통째로 잘라 버렸다.

처음에는 여자의 정수리를 겨냥했으나 그녀가 뒤돌아서는 동작을 취하는 바람에 그리 된 것이다.

검풍일호는 설무검을 구하기 위해서 전력으로 여자를 베어야만 했다. 그래서 방어를 생각할 겨를이 없었다.

만약 검풍일호가 그렇게 하지 않았더라면 여자는 충분한 시간을 갖고 설무검의 왼팔을 벤 다음에 검풍일호를 공격했을 것이다.

머리가 비스듬히 통째로 잘린 여자는 비명은커녕 신음조차 지르지 못한 채 스르륵 무너지듯 쓰러졌다.

설무검은 눈을 부릅뜨며 검풍일호를 쳐다보았다.

검풍일호는 두 손으로 잡았던 검을 천천히 거두어 어깨의 검집에 꽂았다.

설무검의 시선이 그녀의 배에 고정됐다. 그녀의 젖가슴 바로 아래가 깊숙이, 그리고 길게 갈라져서 피가 철철 흘러나오고 있는 것이 보였다.

그러나 검풍일호는 대수롭지 않은 듯한 표정으로 상처 주변의 혈도 몇 군데를 눌러 임시로 지혈을 하고 몸을 돌려 원래의 자리로 돌아갔다.

그것을 보고 설무검은 그녀의 상처가 그리 깊지 않다고 판단하여 그나마 조금쯤 위안이 되었다.

만약 검풍일호의 시기적절한 경고와 자신의 몸을 내던진 희생이 아니었다면 설무검은 최소한 왼팔을 잘릴 수밖에 없었을 것이다.

설무검은 원래의 자리로 돌아가 묵묵히 서 있는 검풍일호를 보면서 감사와 미안한 눈길을 보냈다.

그렇지만 그녀는 설무검을 주시하고 있으면서도 꼿꼿하게 선 채 끄떡도 하지 않았다.

그녀가 설무검을 쳐다봐야 하는 것은 자신의 임무이니 어쩔 수가 없는 것이다.

임무가 아니라면 다른 곳을 쳐다봤을 것이다. 아니, 설무검을 위해서 희생하지도 않았을 터이다.

설무검은 씁쓸한 심정으로 검풍일호에게서 시선을 거두어 바닥에 쓰러져 있는 여자를 굽어보았다.

여자의 머리는 비스듬히 정확하게 두 쪽으로 잘라져 윗부분이 반 장쯤 떨어진 곳에 잘려진 면이 바닥에 붙듯이 놓여 있었다.

그곳에 부릅떠진 두 눈이 죽어서까지 사납게 설무검을 노려보고 있었다.

여자는 기녀가 아니라 일류고수 이상이었다. 관중 정도는 아니라 해도 최소한 검풍일호와 맞먹는 수준이었다.

관중이 어떤 경로를 통해서 그런 여고수를 구했는지는 모

르지만, 자신의 호위를 위해서 잠자리에까지 끌어들인 것만
은 분명했다.

여색도 탐하고, 자는 동안의 호위도 받고, 말하자면 님도
보고 뽕도 따려고 했던 것이다.

설무검은 관중을 우직한 충신으로만 알고 있었다. 그런 그
가 주군을 배신하더니, 이제는 구차한 목숨을 연명하려고 별
추잡한 방법을 다 쓰고 있었다.

"벌레만도 못한 놈이로군."

설무검은 관중을 쏘아보며 중얼거렸다.

여자와는 달리 설무검의 특수한 점혈수법에 제압된 관중
은 꼼짝도 하지 못하고 있었다.

관중의 두 눈이 금방이라도 찢어질 듯이 부릅떠졌고, 얼굴
에는 경악과 공포가 뒤범벅되었다. 그리고 근육질의 몸뚱이
가 푸들푸들 경련하고 있었다.

죽음이 두려운 것이 아니다. 사해무적 관중쯤 되는 거물은
죽음 따위를 두려워하지 않는다.

그렇지만 그는 필경 두려워하고 있었다. 그것이 설무검에
대한 두려움이든, 육 년 전의 배신에 대한 후회든, 진정한 뉘
우침 때문이든 상관이 없었다.

설무검의 입이 약간 벌어지면서 흰 이가 드러났다.

그리고 두 눈에서 시퍼런 안광이 염라귀의 그것처럼 줄기

줄기 폭사되었다.

"왜 나를 배신했는지 따위는 궁금하지 않다. 육 년 전 그날, 네놈이 내게 무슨 짓을 했었는지도 궁금하지 않다."

관중의 한껏 부릅떠진 두 눈에서 콩알 같은 눈물이 후드득 흘러내렸다.

"네놈을 죽여 죽은 아우의 한을 조금이라도 씻겠다."

설무검의 입에서 이 갈리는 음성이 흘러나온 직후 관중은 스르르 눈을 감았다.

눈을 감은 것이 그가 자신의 죽음을 순순히 받아들이려는 것인지 어떤지는 알 바가 아니다.

스릉!

설무검은 어깨에서 천천히 혈마룡검을 뽑았다.

아주 짧은 시간, 산적 소굴 흑풍채에서 깨어나 절망에 몸부림쳤던 일과 노예 무투사 시절의 생사를 걸고 벌였던 수백 차례의 싸움과 애환. 이후 지금 이 순간까지의 일들이 번뜩이는 불빛처럼 뇌리를 스치고 지나갔다.

서걱!

다음 순간 짤막한 기음이 흘렀다. 혈마룡검이 관중의 목을 자른 것이다.

설무검이 혈마룡검을 거두어 어깨의 검집으로 가져갈 때, 관중의 잘라진 목에서 혈마룡검까지 하나의 혈선이 곡선을 그리며 이어졌다.

혈선은 처음에는 가늘었지만 순식간에 굵어졌다가 한순간 뚝 끊어졌다.

스우우.

그리고는 침상 위에 피 무지개 하나가 걸렸다가 순식간에 사라져 버렸다.

스스스…….

그리고는 관중의 몸뚱이가 목내이처럼 변하는가 싶더니 곧 한 움큼의 재가 되어 스러졌다.

그런데 몸뚱이는 재가 되었지만 목 윗부분 머리는 그대로 남아 있었다.

설무검이 관중의 목을 자를 때 검신의 아래쪽에만 공력을 주입했기 때문이다.

혈마룡검은 심후한 공력을 주입해야지만 피를 삼키는 흡혈검이 된다.

관중의 잘라진 목 부위는 핏기 한 점 없이 종잇장처럼 깨끗했다.

웅웅웅…….

설무검의 어깨에서 혈마룡검이 나직하게 울었다.

깊은 지하에서, 혹은 저승에서 들려오는 악마의 웃음소리처럼 들렸다.

또한 그 소리는 마치 원수의 맛있는 피를 마시게 해주어서 고맙다고 인사를 하는 것 같았다.

설무검은 수급과 한 움큼의 재만 남은 관중의 주검을 보면서 한줄기 서늘한 바람이 심장을 쓰다듬으며 스쳐 가는 듯한 느낌을 받았다.

작은 통쾌함이었다.

소름이 끼치듯, 작은 희열이 설무검의 발끝에서 머리끝까지 후르륵 훑고 지나갔다.

그는 즉시 천 조각에 관중의 수급을 싸서 허리에 차고는 검풍일호에게 미끄러져 갔다.

순간 그는 움찔 놀랐다.

검풍일호가 벽의 모서리 아래에 주저앉아 있는 것을 발견했기 때문이다.

설무검의 시선이 앉아 있는 그녀 주변 바닥에 흥건하게 고여 있는 핏물로 향했다.

"검풍일호!"

설무검이 전음으로 급히 불렀으나 그녀는 대답도 움직임도 없이 축 늘어져 있었다.

그는 급히 검풍일호를 그 자리에 반듯하게 눕히고 상처 부위를 살펴보다가 움찔 놀랐다.

뜻밖에 상처는 깊었다.

젖가슴 바로 아래에 가로로 길게 한 뼘이나 베어졌는데, 갈비뼈를 자르고 내장마저도 자른 상태였다.

설무검은 조금 전에 검풍일호가 스스로 지혈을 하는 것을 보고 안심을 했었는데, 피는 계속 흘러나오고 있었다.

상처가 너무 깊어 시간이 지나면서 자연스레 혈도가 풀려버린 것이다. 그 상태에서 곧바로 다시 지혈을 해야 하지만, 그때는 검풍일호가 혼절을 한 후였다.

그녀는 자신이 중상을 입은 것 때문에 설무검의 일에 차질이 빚어질까 봐 아무렇지도 않게 행동했던 것이다.

검풍일호를 굽어보는 설무검의 눈빛이 복잡하게 변했다.

第六十五章
보고 싶은 사람

　설무검은 검풍일호의 상처를 지혈한 후, 그녀를 들쳐 업고 잠입했던 역순으로 사해부를 빠져나왔다.

　이어서 사해부 앞을 흐르는 간수 강둑길을 따라 하류를 향해 전력으로 내달렸다.

　하지만 그는 그리 오래 달리지 못했다. 등에 업고 있는 검풍일호의 호흡과 맥박이 점점 미약해지고 있는 것을 느꼈기 때문이다.

　그는 주위를 두리번거리다가 근처의 울창한 갈대숲 속으로 스며들었다.

혹시 관중의 죽음을 발견한 사해부 고수들이 추격을 할지도 몰라서 갈대숲 속으로 좀 더 깊이 들어가 바닥에 검풍일호를 내려놓았다.

그녀의 호흡은 너무 미약해서 거의 끊어지기 직전이었다. 지금 손을 쓰지 않으면 목숨을 잃을 것이다.

그녀가 죽는다면 은자랑에게 미안한 마음은 차치하고라도 설무검은 마음의 큰 부담을 갖게 될 터이다.

우선 검풍일호에게 진기를 주입시켜 준 후에 끊어진 내장과 상처를 봉합하는 것이 급선무였다.

설무검이 관중에게 신경을 쓰고 있는 시간은 짧았지만, 그동안에 그녀는 너무 많은 피를 흘리고 있었다.

체내에서 과도하게 피가 빠져나가면 설사 대라신선(大羅神仙)이 온다고 해도 살려낼 수가 없다. 무림에서 목숨을 잃는 대다수의 사람들이 피를 많이 흘리기 때문이다.

지금 설무검이 할 수 있는 일은 흘린 피 대신에 자신의 심후한 진기를 주입하여 보충시켜 주고, 진기로 상처를 봉합하는 것뿐이다.

그다음에는 상태를 지켜보는 수밖에 없다. 그녀가 죽고 사는 것은 운에 맡겨야만 하는 것이다.

그녀를 치료하는 동안에 만약 사해부 고수들이 추격을 해오거나 이 근처를 수색한다고 하더라도 지금으로서는 어쩔 도리가 없었다.

검풍일호를 이대로 죽게 내버려 둘 수는 없는 일이다.

비록 짧은 시간이었지만, 그녀는 설무검에게 일개 살수 이상의 의미를 심어준 사람이었다.

사사사삭.

밤바람이 울창한 갈대숲을 스치자 바싹 마른 누런 갈대잎들이 서로 부대끼면서 울어댔다.

"후우……."

한 시진에 걸친 치료를 끝낸 설무검은 허리를 펴면서 긴 한숨을 토해냈다.

이백 년 공력의 그이지만, 한 시진 동안 잠시도 쉬지 않고 치료에 전념하느라 꽤나 힘이 들었다.

다행히 봉합은 성공적이었다.

그의 심후한 내공, 즉 극양지기(極陽之氣)가 검풍일호의 잘라진 내장들과 갈비뼈, 그리고 살을 거의 원 상태로 봉합시켜놓았다.

이제 오랜 시간을 두고 정양하면서 봉합시킨 부위가 아물기만 하면 되는 것이다.

치료를 하는 내내 검풍일호는 고른 숨소리를 토해내며 깊은 잠에 빠져 있었다.

혹시라도 그녀가 깨어나 고통스러워할지 몰라서 혼혈을 제압해 놓았던 것이다.

설무검은 땀을 닦으면서 그녀의 상처를 살펴보았다.

젖가슴 바로 아래에 한 일자로 한 뼘이 조금 못 되는 굵은 혈선이 길게 그어져 있었다.

문득 그의 시선이 무심코 상처 부위 위로 향하다가 가볍게 실소를 흘렸다.

치료를 하느라 그녀의 상의를 벗겼었는데, 그 와중에 젖가슴을 꽁꽁 묶었던 헝겊 띠도 풀었던 것 같다.

돌이켜 생각해 보니 상처 부위가 젖가슴 바로 아래라서 거치적거렸던 모양이었다.

눈부시게 희고 탐스러운 젖가슴이었다. 남정네의 손길이 닿지 않은 듯 조그만 분홍의 유두가 풍만한 젖가슴 위에 수줍게 매달려 있었다.

야윈 듯 날씬한 상체에 저렇듯 풍만한 젖가슴이 헝겊 띠에 꼭꼭 눌려져 있을 줄은 아무도 몰랐을 것이다.

설무검은 조심스럽게 그녀의 상의를 입혔다. 젖가슴에 헝겊 띠를 묶어주고 싶었으나 엄두가 나지 않았다.

문득 그의 시선이 검풍일호의 얼굴로 향했다. 눈 부위만 뚫린 검은 복면을 쓰고 있어서 숨을 쉬기가 답답할 것 같아 손을 뻗어 복면을 벗겨주었다.

그런데 그녀의 얼굴이 드러난 순간 설무검은 적잖이 놀란 표정을 지었다.

'선아가 아닌가?'

너무도 어이없는 일이었다.

드러난 얼굴은 다름 아닌 다물상군부의 대가인 고태의 딸 고선이었던 것이다.

'선아가 검풍일호였다니……'

수양이 깊다고 자신하는 설무검마저도 이 순간에는 적잖이 충격을 받았다.

자신의 두 눈으로 복면이 벗겨진 고선의 모습을 빤히 보고 있으면서도 그녀가 검풍일호라는 사실이 좀처럼 믿어지지 않았다.

문득 설무검의 시선이 검풍일호의 코에 고정되었다. 그녀의 콧등과 콧방울 사이에 작고 까만 점 하나가 선명하게 찍혀 있는 것이 보였다.

'선아가 아니다.'

고선은 코는 물론이고 얼굴에 점이라고는 없다.

설무검은 그래도 미심쩍어서 손가락 끝으로 그녀의 코에 있는 점을 가볍게 문질러 보았다. 가짜 점이라면 지워질 텐데 그대로 있었다.

비록 고선은 아니지만 정말 고선과 쌍둥이보다도 더 닮은 얼굴이었다.

점만 아니라면 고선의 부친인 고태마저도 자신의 딸로 착
각할 것 같았다.

그리고 보니까 검풍일호는 고선보다 나이가 조금 더 들어
보였다.

대략 이십칠팔 세가량. 얼굴에 주름은 없지만 나이는 주름
으로만 먹는 것이 아니다.

설무검은 검풍일호의 얼굴을 한 번 더 살펴보고 나서 그녀
의 혼혈을 풀었다.

이어서 두 팔로 그녀를 안고 일어나 주위를 살핀 후 다시
강둑길을 향해 달리기 시작했다.

전력으로 달리던 설무검은 안고 있는 검풍일호의 몸이 가
볍게 꿈틀거리는 것을 느끼고 그녀를 굽어보았다.

그녀의 긴 속눈썹이 가늘게 떨리다가 천천히 눈이 떠졌다.
깨어나고 있는 것이다.

"……!"

눈을 뜬 검풍일호는 자신을 굽어보고 있는 설무검의 얼굴
을 발견하더니 눈이 커지면서 얼굴에 설핏 놀라움과 경계심
이 떠올랐다.

"이게 무슨……."

순간 그녀의 얼굴이 사납게 변하면서 몸을 일으키려고 버둥거렸다.

"아……."

그러나 상처 부위의 통증 때문에 곧 얼굴을 찌푸리며 낮은 신음을 토해냈다.

"임시방편으로 상처를 치료했으니 움직이면 봉합된 상처가 터질 것이다. 가만히 있어라."

설무검이 여전히 달리면서 시선을 전방으로 던지며 설명했다.

그제야 검풍일호는 움직임을 멈추고 가만히 있었다.

그러나 설무검은 조금 전까지와는 달리 그녀의 몸이 돌덩이처럼 단단하게 경직되고 있는 것을 안고 있는 두 팔을 통해서 느낄 수 있었다.

문득 검풍일호는 뭔가 이상한 느낌에 가만히 손을 들어 올려 얼굴을 만져보다가 복면이 벗겨져 있는 것을 확인하고는 표정이 차갑게 변했다.

게다가 이상한 느낌은 그것만이 아니었다. 단단하게 헝겊 띠를 동여맨 젖가슴 부위가 느슨해져 있는 것 같았다.

그녀의 눈동자가 아래로 향하더니, 헝겊 띠에 눌려서 납작해야 할 젖가슴이 풍만하게 솟아 있는 것을 발견하고서 얼굴에 조금 전보다 더 큰 놀라움이 떠올랐다.

설무검은 그녀의 몸이 가늘게 떨리는 것을 느꼈지만 모른 체 달리기만 했다.

그녀에게 이랬느니 저랬느니 일일이 설명하는 것은 귀찮은 일이기 때문이었다.

검풍일호는 천성적으로 차분한 성격이다.

그녀는 설무검이 자신의 상처를 치료하느라 어쩔 수 없이 상의를 벗기고 젖가슴을 동여맨 헝겊 띠를 풀었을 것이라고 이해했다.

그러나 그런 것들이 머리로는 이해가 됐지만 가슴으로는 용서가 되지 않았다.

그녀는 입술을 꼭 깨물고 너무 강파라서 완고하게까지 보이는 설무검의 얼굴을 쏘아보았다.

하지만 쏘아볼 뿐이지, 겉으로 감정을 드러내거나 화를 내지 않았다.

이 정도의 일로 설무검에게 원한을 품고 게먹을 정도로 그녀는 무지한 여자가 아니다.

문득 그녀는 갑자기 심신이 매시근한 것을 느끼고 사르르 눈을 감아버렸다.

동녘 하늘에 부옇게 여명이 터올 때쯤에 설무검은 낙양성 최고의 번화가인 태평로 한복판에 있는 동방객잔에 도착할 수 있었다.

쪽문을 통해서 들어가 정원을 가로질러 객잔 후원에 있는 자신의 거처로 빠른 걸음으로 걸어가던 중에 그는 산책을 나와 정원을 서성거리던 우태와 마주쳤다.

"헛헛! 이제 완연한 봄이지요?"

우태는 새벽 댓바람에 들어서는 설무검을 보고서도 놀라거나 어디를 다녀오는지 따위를 묻지 않고 사람 좋게 껄껄 웃으며 말을 건넸다.

그는 설무검이 과거에 중천무림의 천주라는 엄청난 신분이었다는 사실을 알고 난 이후에도 예나 지금이나 언행에 변함이 없었다.

그의 그런 행동은 그가 상대의 신분이나 때와 장소에 따라서 심경이 번운복우(飜雲覆雨) 뒤바뀌는 사람이 아니라는 사실을 잘 대변해 주는 것이었다.

설무검은 대답하지 않고 그저 담담한 미소를 지으면서 가볍게 고개를 끄덕여 보였다.

그런데 우태의 시선이 설무검이 안고 있는 검풍일호의 얼굴로 향하더니 얼굴 가득 놀라움이 떠올랐다.

"아니, 선아, 아니오? 이 아이가 어딜 다친 게요?"

그러자 검풍일호가 번쩍 눈을 뜨더니 우태를 싸늘하게 쏘아보았다.

우태는 부지중 찔끔해서 한 걸음 물러났다가 검풍일호를 조심스럽게 가만히 주시하더니 나직한 탄성을 터뜨렸다.

"이런! 선아가 아니로군! 미안하오."

그의 시선은 검풍일호의 코에 있는 점에 고정되어 있었다. 점만 아니었다면 고선으로 착각하여 한바탕 소란을 피울 뻔했던 것이다.

설무검은 빙그레 미소를 지어 보이고는 가벼운 목례를 한 후 곧장 자신의 거처인 육각의 별채, 즉 육각거(六角居)라고 불리는 곳으로 향했다.

"형님."

"주군."

"대형."

육각거 앞 계단 아래 정원에서 초조한 표정으로 서성거리고 있던 양궁표와 현조운, 단랑, 보화 등이 설무검을 발견하고 반색하며 달려왔다.

그들은 어젯밤에 설무검이 사해무적을 단신으로 암살하러 떠난 직후부터 한시도 마음을 놓지 못하고 육각거 안팎을 들락거리면서 밤을 꼬박 지새우며 초조해하고 있던 중이었다.

그러나 그들 네 사람도 설무검 품에 안겨 있는 검풍일호를 발견하고는 방금 전에 우태가 보였던 것과 똑같은 반응을 보였다.

"아니? 고 낭자가 아닙니까?"

"선아! 너 어디 다쳤니?"

양궁표와 단랑이 검풍일호를 발견하고는 우르르 달려들면서 동시에 외쳤다.

단랑과 고선, 두 여자는 백두산 천백검문에서 수련을 하던 지난 사 년여 동안 많이 친해져서 서로 언니, 동생 하는 사이가 되었다.

물론 단랑이 언니고, 고선이 동생이다. 그리고 단랑은 고선에게만큼은 당당한 여자로 행세했다. 그 이유에 대해서는 아직도 작은 불가사의로 남아 있다.

검풍일호는 갑작스런 소란에 어이없는 표정을 지었다가 귀찮다는 듯 아예 눈을 감아버렸다.

"그녀는 선아가 아니다."

설무검은 한마디를 남기고 육각거 안으로 들어갔고, 네 사람은 서둘러 뒤따랐다.

설무검이 무사히 돌아왔으며, 사해무적 관중의 수급까지 베어왔다는 소식이 형제들에 의해서 동방객잔과 지란루로 신속하게 알려졌다.

설무검의 방은 육각거의 한복판으로 회의실과 주방, 집무실, 접객실, 침실을 두루 갖추고 있으며, 그의 취향에 따라 매우 검박하게 꾸며져 있다.

설무검은 검풍일호를 침상에 눕히고 동방객잔에 상주하고 있는 의원을 불러 치료를 하게 했다.

검풍일호는 검풍루주가 있는 지란루로 돌아가겠다고 완강하게 고집을 부렸지만, 상처가 깊어서 자신의 두 발로 서 있기조차 어렵다는 사실을 몸으로 깨달은 다음에야 비로소 고분고분하게 치료에 응했다.

설무검은 의원이 그녀의 치료를 끝날 때까지 침상 근처에서 묵묵히 기다리고 있다가 이윽고 의원이 돌아가자 침상 곁으로 다가갔다.

그는 아무 말없이 한동안 검풍일호를 굽어보기만 했다.

검풍일호는 눈도 깜빡이지 않은 채 설무검을 빤히 마주 쳐다보았다.

설무검 같은 인물의 눈길을 정면으로, 그것도 누워서 마주 쳐다보면서도 아무런 흔들림이 없는 그녀는 과연 검풍루의 최고 살수다웠다.

"너에게 은혜를 입었다."

이윽고 설무검이 조용히 입을 열었지만 검풍일호의 표정에는 변함이 없었다.

"원하는 것이 있느냐? 내가 할 수 있는 것이라면 들어주고 싶구나."

검풍일호는 설무검을 잠시 마주 바라보다가 눈을 내리깔고 침묵을 지켰다.

어쩌면 검풍일호는 대답할 필요를 느끼지 못하고 입을 다물어 버린 것인지도 모른다.

지난밤에 설무검이 겪은 검풍일호의 성격으로 봐서는 그러고도 남았다.

그렇지만 설무검은 채근하지 않고 묵묵히 기다렸다.

그렇게 이각의 시간이 흘렀다.

검풍일호는 눈을 감은 채 다시 뜨지 않았다. 그대로 잠이 든 것 같았다.

이윽고 설무검은 몸을 돌렸다.

연공실로 내려가려는 것이다. 그는 오늘 매우 중요한 과정을 통과해야만 한다. 어떻게든 그 관문을 넘어서야만 지금보다 한층 더 고강해질 터이다.

"사람을 찾는 것도 가능합니까?"

그가 두어 걸음 떼어놓았을 때, 등 뒤에서 검풍일호의 속삭이듯 고즈넉한 목소리가 들려왔다.

그것은 설무검이 여태껏 그녀에게서 들었던 것과는 다른 약간 촉촉하고 감상에 젖은 듯한 목소리였다. 마치 다른 사람의 목소리를 듣는 것 같았다.

설무검은 고개를 끄덕였다.

"가능할 것이다."

사람을 찾는 일이라니까 봉황단의 백봉령루를 염두에 두고 한 대답이었다.

은자랑에게 부탁을 하면 검풍일호가 원하는 사람을 찾을 수도 있을 것이라는 계산이다.

검풍일호는 자신이 속한 검풍루가 봉황단 소속이라는 사실을 모르는 것인가?

아니면, 살수로서는 백봉령루를 이용하여 사람을 찾을 권한이나 자격이 없는 것일 수도 있다.

검풍일호는 그렇게 운을 떼어놓고 나서 다시 한동안 침묵을 지켰다.

설무검은 침상 곁으로 다가가지 않고 몸을 돌린 채 그 자리에 서서 그녀의 다음 말을 기다렸다.

"아닙니다, 됐습니다."

그렇지만 반 각이나 기다린 끝에 설무검에게 돌아온 검풍일호의 대답은 방금 했던 말의 포기였다.

설무검은 검풍일호의 아미가 약간 찌푸려져 있으며, 입초리가 가늘게 파르르 떨리고 있는 것을 발견했다.

그로 미루어 그녀가 지금 심적으로 매우 괴로워하고 있다는 것을 알 수 있었다.

검풍일호 같은 특급살수를 괴롭게 만들 만한 일이 있다는 사실이 뜻밖이었다.

그녀는 체념하는 듯한 표정으로 아예 입을 다물고 눈을 감아버렸다.

설무검은 천천히 침상 쪽으로 걸어가면서 타이르듯이 조용히 말문을 열었다.

"내게는 터울이 꽤 많은 어린 남동생이 있었다."

그는 침상 가에 서서 창 쪽을 응시하며 말을 이었다.

"지금 그 아이는 죽고 없다. 그러나 할 수만 있다면, 나는 저승에 가서라도 꼭 그 아이를 만나고 싶다."

검풍일호의 눈이 떠졌다.

그녀는 자욱한 안개를 비추는 한줄기 햇살 같은 눈빛으로 설무검을 올려다보았다.

"만약 네가 찾으려고 하는 사람이 그와 같다면, 포기하지 말기를 바란다."

검풍일호의 눈초리가 파르르 떨렸다. 자신이 찾으려는 사람이 그와 같음을 나타내고 있었다.

그녀는 지그시 입술을 깨물었다가 입을 열었다.

"그렇다면 두 사람을 찾아주십시오. 그 둘은 원래 한 몸이나 같으니, 만약 한 사람만 찾아내면 다른 한 사람도 자연히 찾게 될 것입니다."

설무검이 말없이 고개를 끄덕이자 검풍일호는 말하기가

무척이나 어려운 듯 입술을 잘근잘근 씹다가 한참 만에야 눈을 꼭 감으면서 겨우 입을 열었다.

"그 둘의 이름은 반호와 오장보입니다."

순간 설무검은 가볍게 어이없는 표정을 짓고 말았다. 반호와 오장보는 설무검의 다섯째, 여섯째 의제가 아닌가. 대체 검풍일호가 그들을 어떻게 알고 있다는 말인가.

하지만 그녀가 이름을 잘못 말한 것 같지는 않았다. 또한 우연의 일치도 아닐 것이다.

두 사람의 이름을 잘못 말할 리 없고, 한 명도 아닌 두 사람의 이름이 우연히 맞아떨어질 리가 없다.

검풍일호가 찾는 두 사람이 반호와 오장보라니, 이런 기막힌 일이 또 어디에 있을까.

검풍일호가 눈을 뜨고 있었으면 설무검의 어이없는 표정을 발견하고 이상하게 여겼을 것이다.

그러나 설무검의 표정은 곧 원래로 돌아갔다. 무슨 일이든 그를 오래 놀라게 하는 것은 없다.

"두 사람을 다 찾아야 하느냐?"

그 두 사람을 왜 찾느냐고 물으면 검풍일호가 대답하지 않을 것 같아서 우회해서 물은 것이다.

검풍일호는 잠시 생각하다가 여전히 눈을 감은 채 어렵사리 입을 열었다.

“보고 싶은 사람과 죽여야 할 놈입니다. 한 사람이라면, 어느 쪽을 찾아야 합니까?”

그녀는 오히려 설무검에게 물었다.

“보고 싶은 사람이지.”

설무검의 대답은 분명하고 간단했다.

“그렇다면 반호를 찾아주십시오.”

“알았다.”

설무검은 더 이상 묻지 않고 돌아서 연공실로 향했다. 그러나 그는 돌아서기 직전에 검풍일호의 뺨이 가볍게 씰룩이면서 두 눈가에 물기가 맺혀 있는 것을 발견했다. 아마도 곧 눈물이 흘러내릴 것 같았다.

설무검은 연공실로 향하는 지하 계단을 내려가면서 그 두 사람을 찾기 위해 은자랑에게 부탁할 필요는 없어서 다행이라는 생각을 했다.

*   *   *

‘이 어린 새끼가 대체 어디로 사라졌다는 말인가?’

이른 아침.

여하(汝河)의 최상류에 있는 이양현(伊陽縣) 대로변의 어느 다루 이층에서 차를 마시고 있던 장도명이 찻잔을 내려놓으면서 가볍게 눈살을 찌푸렸다.

그는 나흘 전 아침을 기해서 금호방주를 암살한 두 살수 설영과 정미에 대한 체포령을 단해룡을 통해서 전격적으로 철회했었다.

깊은 곳에 꼭꼭 숨어 있을 설영과 정미를 밝은 곳으로 끌어내서 잡으려는 계책이었다.

그는 체포령을 철회하기 전에 우선 낙양성 사대문 밖 은밀한 곳에 낙성검가의 검사들 수백 명을 미리 매복시켰었다. 그 직후에 체포령을 철회했고, 중천무림의 고수들이 썰물처럼 자파로 돌아갔었다.

장도명의 의도는 혹시 낙양성 사대문을 통해서 외부로 나가려는 설영과 정미를 운 좋게 발견할 수 있지 않을까 해서였는데, 결과는 역시 헛물만 켜고 말았다.

사실 그는 낙양성문에서 설영을 잡게 될 것이라고는 그다지 기대를 하지 않았었다. 설영이 그처럼 어수룩한 놈이라고 생각하지 않기 때문이다. 다만 밑져야 본전이라는 생각이었을 뿐이다.

그렇지만 그는 설영을 잡을 수 있을 것이라 확신하고 있었으며, 그러는 데에는 충분한 이유가 있었다.

아무도 모르는 사실.

설영이 검풍루의 살수이며, 검풍루의 본거지가 악양에 있다는 사실을 장도명은 알고 있기 때문이다.

그것은 설영이 어느 길을 통해서 악양으로 귀환할 것인지 훤하게 꿰뚫고 있다는 것과 같은 의미다.

그래서 낙양에서 악양으로 향하는 몇 군데 길목을 지키기만 하면 틀림없이 설영을 잡을 수 있을 것이라고 확신을 했던 것이다.

장도명은 낙양에서 악양으로 향하는 남행길 요로(要路)에 혈월단 수하들을 배치해 두었다.

그 일에 동원된 혈월단 수하들의 수만 해도 무려 천여 명이 넘었다.

그들의 무공 실력은 들쭉날쭉 형편없어도 사람 찾는 일에는 이력이 난 녹림과 사파의 고수들이다.

또한 사파 고수들이 공공연하게 활보하면 사람들 눈에 띄게 될 것 같아서 모두 장사치나 평민들 복장으로 변장하라는 명령을 잊지 않았다.

낙양에서 악양까지 갈 수 있는 남행로는 딱 두 길뿐이다. 배를 타는 수로와 말이나 마차 혹은 걸어서 가는 육로가 그것이다.

그래서 장도명은 지도를 펼쳐 놓고 낙수와 이수, 심지어 무낭산 남쪽 한수의 수많은 포구와 물길에까지 장강수로채와 황하수로채의 배들 수백 척을 띄웠다.

그리고 육로의 거의 모든 주루와 객잔에 사파 고수들을 배치시키고, 조금이라도 수상한 행인들은 무조건 수색하라는 명령을 내려두었다.

수로나 관도를 통하지 않고 악양으로 갈 수 있는 방법은 전무하다.

하남성 중부와 남부 지역에는 수백 개의 강과 하천들이 서쪽이나 서북부에서 동남쪽으로 흘러 안휘성의 회하(淮河)로 흘러드는 지형을 하고 있다.

그리고 그 강과 하천들은 대부분 깊은 골짜기 아래를 흐르고 있다.

말인즉, 강과 하천 주변이 거의 깎아지른 높은 산과 봉우리로 이루어졌다는 뜻이다.

설영이 바보가 아닌 이상 길이 아닌, 수백 개의 강과 하천, 골짜기와 봉우리를 넘어서 남행을 하는 우매한 짓은 하지 않을 것이 분명하다.

그렇게 가다가는 고생은 백 배 이상 하면서 악양까지 몇 달 혹은 반년이 넘게 걸릴지도 모른다.

설영은 자신을 제압해서 낙성검가에 넘긴 배후 인물이 장도명인 줄 까마득히 모르고 있다.

그렇기 때문에 자신이 검풍루의 살수라는 사실을 알고 있는 사람이 아무도 없으며, 그래서 정확한 추적 같은 것은 없

을 것이라고 단정, 마음 푹 놓고 약간의 변장만을 한 채 수로
나 육로를 이용하여 악양으로 남행을 할 것이라는 것이 장도
명의 판단이었다.

그런데 도대체 어찌 된 일인지 체포령을 철회한 지 나흘째
인 오늘까지도 설영을 발견했다는 보고가 없었다.

'뭔가 잘못됐다.'

장도명은 찻잔을 만지작거리다가 뚝 멈추었다. 불길함이
아주 기분 나쁘게 뒷골을 저미고 있었다.

이런 느낌이 들 때에는 언제나 톡톡히 쓴맛을 본 경험을 그
는 잊지 않고 있었다.

'놈은 남행하지 않았다.'

그러지 않고는 천여 명의 수하들이 설영을 발견하지 못할
리가 없었다.

지난 세월 동안 장도명은 이런 식의 대대적인 수색을 여러
차례 지휘한 적이 있어서 상당한 수준의 경험을 축적하고 있
었다.

그리고 그 수색들의 결과는 언제나 모두 성공이었다. 실패
란 있을 수가 없는 것이다.

장도명은 눈살을 더욱 찌푸렸다. 생각하고 싶지 않은 한 가
지 사실에 생각이 미쳤기 때문이다.

'혹시 그놈은 내가 배후에 있다는 사실을 눈치 채버린 것

이 아닐까?

믿기지 않는 사실이지만, 그래야만 설영을 잡기는커녕 찾지도 못하고 있는 현재의 상황이 맞아떨어진다.

만약 정말 그렇다면 설영은 그 사실을 어떻게 알았는가?

의문이 거기에 이르자 뜻밖에도 해답은 즉시 나왔다. 그 역시 믿고 싶지 않은 일이었다.

'설마, 태무 이놈이?'

장도명의 눈썹이 잔뜩 찌푸려졌다. 설영이 장도명의 존재를 알고 있다면 분명히 태무를 통해서일 것이다. 그렇게밖에는 생각할 수가 없었다.

장도명이 알기로는 태무와 설영은 친구다. 원래 장도명은 태무처럼 깐깐하고 괴팍한 성격을 갖고 있는 놈에게는 평생 친구가 없을 줄 알았다.

그런 놈이 설영과 장장 육 년 동안이나 우정을 이어오고 있으니 둘 사이가 보통이겠는가.

태무에게 있어서 설영의 존재는 장도명이 생각하는 것 이상일 것이 분명하다. 그렇기 때문에 태무는 위기에 처한 설영을 돕는 일이라면 물불을 가리지 않을 것이다.

설사 그것이 사부 장도명을 배신하는 일이더라도.

왜 그 생각이 지금에서야 떠오른 것인지 장도명은 자신의 우둔함을 꾸짖었다.

문득 장도명의 두 눈이 가늘어졌다.

그가 몹시 기분이 나빠졌거나, 어떤 중요한 결정을 내릴 때 잘 짓는 표정이다.

"홍월(紅月), 게 있느냐?"

그의 마음속은 부글부글 끓고 있지만, 겉으로는 조금도 드러나지 않은 상태에서 찻잔에 차를 따르며 누군가에게 조용히 전음을 보냈다.

"하명하세요."

그러자 금석을 녹일 듯한 여자의 콧소리가 역시 전음으로 장도명의 머리 위에서 흘러내려왔다.

뜻밖에도 목소리의 주인은 천장이나 지붕에 숨어 있는 것 같았다.

"태무는 지금 어디에 있느냐?"

"어제 저녁까지는 하북성 동명현(東明縣)에 있었던 것으로 알고 있어요."

장도명은 가볍게 흠칫 했다.

'하북성 동명현?'

그곳은 낙양성에서 동쪽으로 칠백여 리나 멀리 떨어진 곳에 위치해 있다.

장도명은 태무가 전혀 예상하지 않았던 장소에 가 있다는 것이 마음에 걸렸다.

장도명은 잠시 생각에 잠겼다가 고개를 들었다. 태무가 왜 그곳에 있는지를 생각해 봤지만 한 가지 이유를 제외하고는 그럴 만한 이유가 없었다.

그 한 가지 이유는, 태무가 설영과 함께 있을 것이라는 짐작이었다.

장도명은 즉시 자리에서 일어나 다루를 나섰다.

"홍월, 자월(紫月)에게 태무가 지금 어디로 가고 있는지, 누구와 함께 있는지 알아보라고 일러라. 이것은 화급을 다투는 일이니 즉각 시행하라."

"알았어요."

눈으로 직접 보지 않아도 얼굴 가득 웃음기와 애교가 철철 넘치는 표정을 짓고 있을 것 같은 여인의 콧소리가 전음으로 대답을 했다.

그 직후 장도명이 걸어가고 있는 대로 뒤쪽의 행인들 속에서 하나의 자색 인영이 허공으로 비스듬히 솟구쳐 오르더니 건물들 지붕 위로 사라져 갔다.

장도명의 심복 중 한 명인 자월이란 자가 태무를 찾으러 떠난 것이다.

장도명에게는 다섯 명의 그림자 같은 심복 수하들이 있다.

그중에 혈월단 본단에서 오랫동안 그를 측근에서 보필해 온 인물이 바로 홍월이다.

그리고 사파에서 두 명, 녹림에서 두 명을 선발하여 늘 그림자처럼 데리고 다닌다.

이름하여 호신오월(護神五月)이다. 풀이하자면 '신을 호위하는 다섯 개의 달'이라는 뜻이다.

물론 신은 장도명을 가리킨다. 그의 별호가 혈월해신이므로 바다에 뜬 핏빛 달의 신인 셈이다.

호신오월 각자의 무공 수준은 무림의 일류고수와 절정고수의 중간 정도에 해당할 정도로 고강하다.

장도명이 무림에서 실전된 진귀한 무공 비급 따위를 구해서 호신오월에게 나누어 주며 익히게 하고, 영약이니 공력을 증진시키는 효험 있는 영물, 영초 등을 부지런히 구해서 복용시킨 덕택이었다.

호신오월의 우두머리는 여자인 홍월이다.

그녀는 혈월단 초창기 시절에 장도명의 눈에 띄어 그때부터 지금껏 십수 년 동안이나 지척에서 장도명을 호위하고 있으며, 호신오월 중에서 가장 고강하다.

장도명은 태무가 현재 설영과 함께 있거나, 설령 그렇지는 않더라도 설영의 도주에 깊숙이 개입되어 있음을 확신했다.

그러므로 태무를 만나게 되면 설영을 잡아들이는 것은 시간문제라고 판단했다.

'후후… 설영, 그 어린놈만 잡아들이면…….'

장도명은 자신의 옆에 멈춘 한 대의 마차 문을 열고 서슴없이 올라탔다.

어자석에는 유생처럼 말쑥한 차림의 중년인이 꼿꼿한 자세로 앉아 있는데, 일신에는 녹색의 푸른 달이 수놓인 백의를 입고 있었다.

호신오월 중에 녹월(綠月)이었다.

그가 고삐를 슬쩍 들어 올렸다가 가볍게 말 잔등을 내려치자 마차가 묵직하게 움직이기 시작했다.

우두두.

장도명이 탄 마차에는 한 명의 홍의 여인이 타고 있다가 몸을 일으키며 그를 맞이했다.

"어서 오세요."

장도명이 다루에 있을 때 전음으로 들려왔던 예의 심한 콧소리의 비음으로 간드러지게 인사하는 여인.

바로 홍월이었다.

몸에 딱 달라붙는 연한 홍의와 허벅지가 길게 트인 치마를 입었다.

그리고 가슴 한복판에 피처럼 진한 반달 하나가 수놓아져 있는 것이 특이했다. 살결이 몹시 희고, 눈이 큰 반면에 입은 몹시 작은, 앙증맞도록 귀여운 얼굴의 소유자였다.

양쪽에 귀밑머리를 길게 드리우고 버릇처럼 코를 쫑긋쫑

굿거리는 것이 깨물어주고 싶을 만큼 귀여웠다.

그저 콧소리만으로는 그녀가 몹시 요염한 외모일 것 같았는데, 실상은 누구라도 한 번 보면 훈훈한 미소를 지을 만큼 귀여운 얼굴인 것이다.

"신검사들은?"

장도명이 마차 안에 넓게 깔린 폭신한 호피에 눕듯이 몸을 기대면서 노곤한 얼굴로 물었다.

"호홋! 기특하게도 잘 따라오고 있어요."

홍월은 뼈가 없는 듯 나긋나긋하게 장도명의 품에 안겨들면서 대답했다.

그녀의 그런 행동은 마치 장도명의 부인이나 되는 것처럼 매우 익숙해 보였다.

장도명은 단해룡이 내준 낙성검가 최고의 정예 낙성신검대 열 명의 신검사로 하여금 자신을 뒤따르게 하고 있다.

설영을 찾아내기만 한다면, 그다음은 신검사들이 해결을 해줄 터이다.

"대검로는?"

장도명은 홍월의 목덜미에 코를 박고는 핥듯이 애무하면서 웅얼거리듯이 물었다.

홍월은 간지러우면서도 좋은 듯 몸을 꼬면서 희고 섬세한 손으로 장도명의 몸을 더듬었다.

"아아… 미행하는 수하의 보고에 의하면… 강소성으로 순조롭게 가고 있대요… 아흑!"

장도명은 단해룡이 내어준 낙성칠검기의 일로인 대검로는 강소성으로 보냈다. 대검로의 임무는 모산파 장문인을 제압하여 낙성검가로 압송하는 일이었다.

홍월의 숨결이 더욱 뜨거워졌고, 몸이 활처럼 젖혀지면서 달아오를 때, 장도명은 느긋하게 그녀의 치마 속으로 손을 집어넣고 있었다.

第六十六章
진실은 고통스럽다

도비륜(刀飛輪) 하여정(河呂貞)은 사해부 총전주(總殿主)의 신분이다.

그녀는 사십삼 세의 여자, 아니, 여걸이다. 또한 사해부의 제 이인자이기도 하다.

저벅저벅.

여자치고는 꽤 큰 키에 또한 큰 체구를 지닌 그녀는 성큼성큼 큰 걸음걸이로 사해무적의 거처인 사해전(四海殿)으로 들어섰다.

전각 입구나 안쪽에서 붙박이처럼 지키고 서 있는 호위무사들이 정중히 허리를 굽혔지만 그녀는 시선조차 주지 않고 굳은 얼굴로 걷기만 했다.

그녀는 계단을 올라가 이층에 있는 사해무적의 방을 향해 곧장 걸어갔다.

부주라는 사람이 사시(巳時:오전 10시)가 다 되도록 방에서 나오지도 않고 있었다.

그래서 하여정은 오늘만큼은 절대로 그냥 넘어갈 수 없다고 단단히 벼르고 있는 중이었다.

그녀 생각에 부주가 이상해진 것은 금호방주가 살수에게 암살을 당한 후부터였다.

금호방주를 죽인 배후 인물이 낙성검가의 가주 단해룡이고, 그다음 죽게 될 인물은 단해룡이 다음 대 중천무림의 천주가 되려는 계획의 최대 적수인 사해무적일 것이라는 괴소문이 중천무림에 파다하게 나돌고 있을 때, 사해무적은 자신의 최측근 호위고수인 사해사왕만으로는 부족하다면서 누군가의 소개로 한 명의 여고수를 초빙했었다.

그러더니 바로 그날부터 밤낮없이 그 여고수와 한 몸뚱이처럼 붙어서 다녔다.

회의를 할 때나 업무를 보거나 순시를 돌 때는 물론이고, 식사를 할 때에도, 심지어 잠을 잘 때까지도 그 여고수와 떨어져 있지 않았다.

이유인즉슨 살수로부터, 아니, 단해룡의 암살로부터 자신을 보호하기 위해서라는 데야 하여정으로서도 반대를 할 꼬투리가 없었다.

그렇지만 그 도가 점점 지나쳐서 이제는 사해부 내에서조차도 수하들이 부주가 이상해졌다면서 수군거리고 있는 실정이 된 것이다.

'이대로 놔두어서는 안 돼. 그 음탕한 계집을 내쫓아서라도 남편을 바로잡아야겠어. 낙성검가의 단 가주가 남편을 암살한다는 것은 다 헛소문일 뿐이야.'

하여정은 부주의 방문 앞에 일단 멈춰 서 한 차례 심호흡을 하며 마음을 다잡았다.

하여정은 사해무적을 남편이라고 칭했다. 그렇다. 하여정은 사해무적 관중의 부인이었다.

그렇지만 두 사람은 허울뿐인 부부였다. 두 사람의 부모들이 정략적으로 맺어준 혼인이라서 애초부터 그들 사이에 남다른 애정 따윈 없었다.

그래도 처음 몇 년 동안은 부부의 흉내라도 내면서 한 방에서 잠을 자고, 함께 오붓하게 식사를 하거나 산책, 그리고 외출도 종종 했었다.

하지만 그것도 겨우 오 년여에 불과했고, 둘 사이에서 남매를 얻은 것이 전부였다.

그때부터 지금까지 십칠 년 동안 두 사람은 겉으로만 부부인 체 행세했을 뿐, 단 한 차례도 잠자리조차 같이 하지 않고 지냈으니, 남편이 남보다 못한 존재인 것이다.

남편 관중은 원래부터 여색에는 관심이 없는 몹시 금욕적인 사내였다.

그나마 부부 사이가 괜찮았던 오 년 동안에도 기껏해야 한 달에 한두 번 부부 관계를 가졌을 정도였다.

그런 그가 어디서 젊고 싱싱한 여고수 한 명을 데리고 와서 호위고수랍시고 침실에서조차 함께 뒹굴면서 생활을 하고 있는 것이다.

그러니 하여정으로서는 남편이 원래부터 여색을 좋아하지 않았다든가, 금욕적이어서 자신을 멀리했었다는 말들이 죄다 위선처럼 여겨졌다.

'암살 따윈 없어! 단 가주는 그럴 사람이 아냐! 오늘 내가 그 계집의 목을 베어서라도 부주가 제정신을 차리게 만들고 말겠다!'

하여정은 아랫배에 불끈 힘을 주고 힘껏 방문을 열었다.

"허억!"

평소처럼 아무렇지도 않게 실내로 몇 걸음 걸어 들어가던 그녀는 갑자기 주춤하더니, 쓰러질 듯이 뒤로 비틀비틀 물러나면서 허파를 쥐어짜는 듯한 소리를 냈다.

그녀가 그곳에서 발견한 것은 머리가 비스듬히 잘려진 채 죽어 있는 여고수와 침상 위에 놓인 남편 관중의 옷, 그리고 옷 속에 수북이 쌓여 있는 잿더미였다.

남편 곁에 언제나 불여우처럼 붙어 다니는 여고수를 죽이고, 남편을 정신 차리게 하겠다고 결심했던 하여정은 굳이 그럴 필요가 없어져 버렸다.

*　　　*　　　*

설무검은 두 시진 동안의 운공을 힘겹게 끝냈다.

그의 온몸은 물론 입고 있는 옷마저도 물에 빠진 것처럼 땀에 흠뻑 젖었으며, 입가에서는 가느다란 핏물이 흘러내리고 있었다.

운공으로 매우 중요한 관문을 통과해야 하는데, 역시 오늘도 성공하지 못했다.

현재 그의 공력은 이백 년 수준이다.

그런데 그 공력은 단전, 즉 신궐 단전을 비롯한 칠단전에 분산되어 있는 상태다.

그가 중천무림의 절대자였던 시절의 공력은 이 갑자 반, 즉 백오십 년이었다. 그 공력은 파훼된 신궐 단전에 고스란히 남아 있었다.

그리고 몸에 청천검을 꽂은 채 지난 육 년여 동안 새롭게 쌓은 공력이 팔십 년이다.

모두 합치면 무려 이백삼십 년. 사 갑자에서 십 년이 모자라는 가공할 수준의 공력이다.

그런데 몸에서 청천검을 뽑아내고 파훼됐던 신궐 단전을 치료했는데도 불구하고 현재 그의 공력은 이백 년 수준이다. 삼십 년 공력을 회복하지 못하고 있는 것이다.

신궐 단전이 파훼되어 있던 지난 육 년 동안 축적한 팔십 년의 공력은 육 단전에 고르게 분산되어 있었다.

아니, 더 정확하게 설명하자면, 온몸 수백 군데의 미세단전에까지 골고루 퍼져서 쌓여 있는 것이다.

그래서 그가 공력을 끌어올리면 제일 먼저 신궐 단전의 공력 백오십 년이 모아진다.

그다음 육 단전에 있는 오십 년 공력이 신궐 단전에 모여 합쳐진다.

그렇게 합쳐진 공력이 이백 년이다. 계산상으로는 이백삼십 년 공력이 모아져야 하는데, 정작 모이는 것은 이백 년 공력이 전부인 것이다.

설무검은 나머지 삼십 년 공력이 온몸의 미세 단전에 퍼져 있을 것이라고 생각한다.

그것은 기이한 일이었다.

신궐 단전을 회복하지 못했을 때에 운공을 하면 팔십 년 공력이 모두 모아졌었는데, 신궐 단전이 회복된 지금은 어째서 원래의 공력 백오십 년에 육 단전의 오십 년 공력만이 모아지는 것이란 말인가.

물론 그는 삼십 년의 공력이 아까워서 그것을 어떻게든 회복하려고 아등바등하고 있는 것이 아니다.

그보다 훨씬 더 중요한 문제가 있었다. 만약 그 사실을 알게 되면 의형제들이 걱정을 할 것 같아서 그들에게는 아무 말도 하지 않았지만, 현재 그는 회복한 신궐 단전의 공력 백오십 년만을 사용하고 있었다.

미세 단전에 분산되어 있는 삼십 년 공력은 아무리 애를 써도 단전에 모여지지 않지만, 그나마 모을 수 있는 육 단전에 있는 오십 년 공력조차도 즉시 모이지 않고 약간의 시간이 걸리기 때문이었다.

육 단전의 오십 년 공력이 신궐 단전에 모아지는 시간은 그저 눈 두어 번 깜빡거릴 정도에 불과하지만, 생사가 걸려 있는 싸움에서는 눈 두어 번 깜빡거릴 시간 안에 이미 싸움의 결판이 나고 말 것이다.

싸움에서는 상대하고 있는 적보다 얼마나 빨리 공력을 끌어올려 초식을 펼쳐서 공격하느냐에 승패가 달려 있다고 해도 지나친 말이 아니다.

그렇기 때문에 한 걸음 늦게 모이는 육 단전의 오십 년 공력은 정작 필요로 하는 중요한 순간에는 무용지물이 되고 마는 것이다.

그래서 설무검은 신궐 단전과 육 단전의 공력을 한순간에 모으는 방법을 틈틈이 시도해 보고 있는 것이다.

그리고 결국 많은 시행착오 끝에 현재 행하고 있는 방법을 이끌어내는 데 성공했다.

그것은 공력을 끌어올리기 위해서 제각기 다른 경락, 즉 일곱 개의 경락을 사용해야만 하는 칠 단전을 하나의 경락으로 연결하는 것이다.

아니, 정확하게 말하면 가로막고 있는 혈도들을 공력으로 부딪쳐서 뚫어 소통시키는 방법이었다.

그러자면 하나의 경락에 일곱 개씩 모두 사십구 개의 막힌 혈도, 즉 색혈(塞穴)를 뚫어서 소통시켜야만 한다.

그동안 시간이 나는 대로 피나는 노력과 고통을 감내하면서 사십 개를 뚫었고, 오늘 세 개를 뚫었다. 이제 남은 것은 여섯 개다.

하지만 사십구 개 색혈을 모두 뚫었을 때 어떤 결과가 나타날는지는 명확하게 알 수가 없다. 그저 지금보다는 나아질 것이라는 이론상의 확신을 갖고 있을 뿐이다.

모험이다.

그러나 나쁘지 않고, 위험하지 않은 모험이라고 설무검은 생각하고 있었다.

"후우……."

오늘 세 개의 색혈을 뚫느라 꽤 지친 설무검은 어느 정도 기력을 되찾은 후 긴 한숨을 토해내며 일어섰다.

이제 자신의 방 침상에 누워 있을 검풍일호에게 가봐야 할 시각이다.

임무를 주어 내보냈던 반호와 오장보가 돌아올 때가 되었기 때문이다.

설무검이 검풍일호에게 소원이 무엇이냐고 물었을 때, 그녀는 반호와 오장보를 찾는 것이라고 했다.

두 사람을 찾는 것이 평생의 소원일 정도라면, 그녀에게 그 두 사람은 매우 중요한 존재임이 분명하다.

과연 검풍일호는 무엇 때문에 두 사람을 찾으려고 하는 것인지, 그리고 누굴 보고 싶어했으며, 누굴 죽이고 싶어하는지 곧 밝혀지게 될 것이다.

설무검이 방에 들어갔을 때 검풍일호는 잠을 자고 있었다.

어쩌면 자지 않고 있다가 설무검이 들어가자 자는 체하는 것일 수도 있다.

어쨌든 그녀가 혼자 있고 싶다는 뜻으로 해석한 설무검은 방을 나와 육각거에서 정원을 사이에 두고 맞은편에 위치한 아담한 별채로 향했다.

설무검이 별채로 들어서자 차 주담자와 찻잔이 담긴 쟁반을 들고 종종걸음으로 입구 앞을 스쳐 지나가던 하녀 하나가 그를 향해 공손히 허리를 굽혔다.

"어서 오세요, 대인."

동방객잔에 머물고 있는 사람들 중에서 양궁표 형제들과 현조운, 고선, 우태, 천백검문의 제자들을 제외한 다른 모든 사람들은 설무검의 진실한 신분, 즉 과거에 중천무림의 천주였다는 사실을 모르고 있다.

두 개의 방과 세 개의 침실, 주방, 서실 등을 두루 갖춘 이 별채는 한 사람이 전체를 사용하고 있으며, 두 명의 하녀가 시중을 들고 있다.

원래는 고선의 거처였는데 지금 사용하고 있는 사람을 위해서 기꺼이 별채를 내주었다.

"아가씨, 대인께서 오셨어요."

하녀가 설무검을 앞질러서 쪼르르 달려가더니 한가운데 있는 가장 크고 좋은 방으로 들어가며 무엇이 즐거운 듯 참새처럼 종알거렸다.

설무검이 방으로 들어서니 커다란 동경(銅鏡:거울) 앞에서 하녀에게 머리 손질을 받고 있던 화사한 운금상(雲錦裳) 차림의 여자가 황망히 일어나면서 몸을 돌리다가 설무검을 발견하고 화들짝 놀라는 표정을 지었다.

운금상의 여자는 다름 아닌 양연화였다.

지금 그녀는 설무검이 며칠 전에 선화루에서 봤을 때와는 전혀 다른 모습으로 변해 있었다.

그때가 영락없는 기녀의 모습이었다면, 지금은 명문가의 품격 높은 규수의 우아하고 정숙한 모습이었다.

설무검을 발견한 양연화는 당황하고 수줍어서 어쩔 줄을 몰라 허둥거렸다.

그날 선화루에서 양궁표와 함께 이곳으로 온 이후, 양연화는 설무검을 처음 보는 것이었다.

설무검은 그동안 내내 흑룡보 여룡단 거처에서 머물고 있다가 어젯밤에 사해무적 관중을 죽이러 떠나기 전에 동방객잔에 잠시 들렀었지만, 상황이 상황인지라 양연화를 보러 올 겨를이 없었다.

양연화는 겉모습만 기녀에서 여염집 규수로 변한 것이 아니라, 행동하는 것과 마음 쓰는 것도 예전 흑풍채 시절의 그녀로 돌아온 것 같았다.

설무검을 발견하고 목덜미까지 붉게 물들이면서 수줍어하는 것만 봐도 알 수 있었다.

"대… 대인을 뵈옵니다."

당황하던 양연화가 갑자기 설무검 앞에 무릎을 꿇고 엎드
리면서 큰절을 올리는 것이 아닌가.

설무검은 가볍지 않은 충격을 받고 급히 양연화를 부축해
서 일으켰다.

"연화, 이러지 마시오."

그가 양연화의 두 손을 마주 잡고 탁자 쪽으로 이끌자 그녀
는 황망하고도 부끄러워서 어쩔 줄을 모르고 고개를 푹 숙인
채 이끄는 대로 따르면서도 시선은 자신의 손을 잡고 있는 설
무검의 손에 고정되었다.

설무검은 탁자 앞 의자에 양연화를 앉히고 자신은 맞은편
에 앉았다.

하녀가 차를 따르고 방을 나가자 설무검은 양연화를 보며
부드럽게 입을 열었다.

"연화, 예전처럼 날 대해주시오. 그리고 며칠 전처럼 내 이
름을 부르시오."

나흘 전 선화루에서 양연화는 한참 만에야 설무검을 알아
보고 그를 '무검' 이라고 불렀었는데, 지금 설무검은 그 얘기
를 하고 있는 것이다.

"저처럼 천한 것이 어떻게 감히 대인께……."

설무검의 얼굴에 씁쓸함이 떠올랐다.

이윽고 그는 천천히 손을 뻗어 탁자 위에 올려놓은 양연화

의 한 손을 잡았다.

양연화는 화들짝 놀라 자신도 모르게 벌떡 일어섰다가 얼굴을 빨갛게 붉히면서 다시 앉았다. 그러나 설무검의 손을 뿌리치지는 않았다.

"앞으로 그런 말은 하지 마시오. 연화는 궁표에게, 그리고 내게 누구보다도 소중한 사람이오."

설무검의 부드러운 말에 양연화는 불에 덴 듯이 움찔 몸을 떨더니 천천히 고개를 들고 매우 조심스럽게 설무검을 바라보았다.

그러나 설무검과 시선이 마주치자 또다시 깜짝 놀라면서 급히 고개를 숙여 버렸다.

설무검은 양연화의 그런 것들이 한꺼번에 고쳐지거나 바뀌지는 못할 것이라고 생각했다.

그녀는 지난 사 년여 동안 전혀 다른 세계에서 생활을 해야만 했었다.

아니, 고초를 겪었다고 해야 옳았다. 그런데 사람인 이상 그런 것을 단 며칠 만에 모두 버리고 면목일신(面目一新)하기란 불가능한 일인 것이다.

그래도 설무검은 포기하지 않고 하나씩 그녀를 설득하고 위로하면서 바꾸어볼 생각이다.

"나는 대인이 아니오. 그러니 연화가 내 이름을 불러줬으면 좋겠소."

"하지만 제가 어찌 감히……."

양연화는 또다시 깜짝 놀랐다가 고개를 푹 숙인 채 기어들어 가는 목소리로 중얼거렸다.

설무검은 양연화가 지나치게 자신을 어려워하는 것을 보고 문득 짚히는 바가 있어서 그녀에게 물었다.

"혹시, 누군가에게 나에 대해서 들었소?"

양연화는 말해서는 안 될 것을 말하는 것처럼 쭈뼛거렸다.

"어제 단랑 소저께서 말씀하시기를, 대인께서는 예전에 중천무림이라고 불리는 곳의 절대자인 천주라는 몹시도 고귀한 신분이셨다고……."

설무검은 가볍게 미간을 좁혔다.

'랑아가 쓸데없는 소리를 했군.'

그래도 그는 서두르지 않았다.

속등자이전(速登者易顚).

서둘러서 빨리 산을 오르려고 하면 넘어지기 쉽다는 말이 있다. 양연화를 상대로 서둘다가는 오히려 그녀를 더욱 움츠러들게 만들 수도 있는 것이다.

"연화, 부탁이 하나 있소. 들어주겠소?"

설무검의 온화한 말에 양연화는 조심스럽게 고개를 들고 그를 바라보았다.

"흑풍채를 떠난 이후 나는 연화가 만들어 주던 그 요리들이 무척 먹고 싶었소. 오늘 저녁에 내가 그 요리들을 먹을 수 있도록 해주지 않겠소?"

순간 양연화의 얼굴 가득 햇살처럼 기쁜 표정이 피어났다. 그녀는 설무검이 그런 부탁을 할 줄은 꿈에서조차 상상하지 못하고 있었던 것이다.

그녀는 기쁘면서도 아주 조심스러운 표정을 지었다.

"정… 말인가요?"

중천무림이 무엇인지, 그리고 천주가 무엇인지조차도 모르고 있는 그녀지만, 단랑의 말로는 설무검이 황제 같은 존재였다고 했다.

그런 설무검이 하늘에 뜬 태양 같다면, 그녀는 산적의 여동생이었다가 그것으로도 모자라서 노예로 팔려가서 기녀가 되어 숱한 남자들의 품에 안겨 몸을 더럽힌 비천한 여자로, 벌레만도 못한 신분인 것이다.

태양과 벌레.

설무검과 자신을 비교하는 것 자체가 설무검에 대한 모독이라고 생각하는 그녀였다.

그런 설무검이 그녀가 만든 요리를 먹고 싶다고 말한 것이다. 그 말을 어찌 쉽사리 믿을 수 있으며 감당할 수 있겠는가.

"부탁하오. 내 생애에서 그보다 더 맛있는 요리를 먹어본 기억은 없소.”

설무검은 양연화에게 미소를 지으면서 진지하게 다시 한 번 부탁을 했다.

그러자 비로소 양연화의 마음이 조금 움직였다. 그리고 설무검에 대한 한 가지 기억이 새롭게 떠올랐다.

그녀가 기억하고 있는 한 설무검은 진실하고도 과묵한 사람이라는 사실이었다.

흑풍채에서 그는 언제나 모두에게 믿음직했고 진실했었다. 그래서 양연화는 마음속 깊이 그를 존경하고 흠모했으며, 사랑을 키웠었다.

현재 설무검이 대화를 할 때 존대를 하거나 예의를 갖추는 사람은 양연화 한 사람뿐이었다.

그것을 양연화는 모르고 있었다. 그가 얼마나 자신을 존중하고 소중하게 생각하는지를.

“그럼… 드시고 실망하지 않겠다고 약속해 주세요.”

이윽고 양연화는 제 딴에는 크게 용기를 내어 입 속으로만 중얼거렸다. 그런데도 설무검은 그 말을 알아듣고 미소를 지으면서 고개를 끄덕였다.

“알겠소. 약속하리다.”

검풍일호의 상처는 자칫하면 목숨을 잃을 정도로 깊고도

심각했다.

설무검의 적절한 응급처치와 노련한 의원의 치료로 목숨은 건졌지만, 최소한 보름 이상 정양을 해야 침상에서 내려와 조금이라도 몸을 움직일 수 있는 상태였다.

오랜 살수 생활을 하면서 수없이 많은 고비를 넘긴 검풍일호가 그런 사실을 모를 리 없다.

그런데도 그녀는 자꾸 몸을 일으키려고 했다. 하지만 일어나기는커녕 상체를 일으키기조차도 힘에 겨웠다.

그 상태에서 조금만 더 무리를 하게 되면 봉합해 놓은 상처가 터져 버릴 것 같아서 그때마다 나직한 한숨을 내쉬며 체념을 하면서도, 조금 있다가 다시 또 몸을 일으키려고 버둥거리기를 반복하는 그녀였다.

검풍루로 귀환을 하거나, 그렇지 못할 경우에는 연락이라도 취하기 위해서 그러는 것이었다.

자신이 처한 상황을 검풍루에서는 전혀 모르고 있을 것이라고 생각하기에 마음이 더 급했다.

"랑아, 연락을 해두었느냐?"

침상가에 의자를 끌어다 놓고 앉아서 검풍일호를 지켜보고 있던 설무검이 옆에 서 있는 단랑에게 물었다.

"네, 대형. 소제가 봉황단주를 직접 만나서 검풍일호가 이곳에서 한동안 요양을 할 것이라고 말했어요."

단랑의 공손한 대답에 검풍일호의 표정이 가볍게 변했다.

검풍루주가 아니라 봉황단주를 직접 찾아가서 말을 했다니, 이 사람들이 지금 무슨 말을 하는 것인가.

설마 이런 상황에서 농담을 하고 있는 것인가라는 생각이 들 정도였다.

봉황단주가 만나고 싶다고 해서 아무나 만날 수 있는 인물인가.

"그런데 대형."

검풍일호가 속으로 놀라고도 어이없어 하고 있을 때 단랑이 조심스럽게 말을 이었다.

"봉황단주가 따로 소제를 은밀하게 불러서 말하기를, 조만간 대형을 꼭 뵙고 싶다고 전해달라고 그랬어요."

단랑은 형제들이나 다른 사람들에게는 함부로 굴거나 남자처럼 거칠게 굴어도 설무검 앞에서만큼은 영락없는 나긋나긋한 여자로 행세했다.

설무검은 조금쯤은 건성으로 물었다.

"중요한 일이라더냐?"

"그런 것 같지는 않고… 소제 생각으로는 봉황단주가 개인적으로 대형을 만나고 싶어하는 것 같았습니다."

설무검은 입을 다물었다. 그는 사사로운 일로 은자랑을 만나고 싶은 생각이 없었다.

그렇다고 은자랑의 마음을 모르는 것은 아니다. 그저 모른 체하고 있을 뿐이다.

설무검은 여자에게 헤픈 사내가 아니다. 자신을 좋아한다고 해서, 또한 인연이 닿았다고 해서 이 여자 저 여자 찝쩍거리는 사내는 더더욱 아니다.

팔 년 전부터 은자랑이 자신을 연모하고 있다는 사실을 잘 알고 있는 설무검이다.

그렇지만 그때는 그의 곁에 설란후가 있어서 은자랑을 받아들이지 못했었다. 그리고 지금은 또 다른 여자 때문에 그녀를 받아들일 수가 없는 처지였다.

검풍일호는 설무검을 바라보았다. 그녀는 원래 자신에게 주어진 임무나 자신에 관한 것 외에는 아무것도 관심이 없는 사람이다.

이날까지 살아오면서 그녀의 관심을 끌었던 사람은 단 한 명뿐이었다.

그마저도 살수의 길을 걷고 나서부터는 마음의 문을 완전히 닫아버렸기 때문에, 그때부터는 어느 누구에게도 관심을 갖지 않았었다.

그런데 지금 그녀는 설무검이란 사내에게 조심스럽게 관심을 갖기 시작했다. 하지만 정작 그녀 자신은 그런 사실을 조금도 깨닫지 못하고 있었다.

어쩌면 그 관심의 시작은 오늘 새벽 그녀가 중상을 당했을 때, 간수 강변 갈대숲 속에서 치료를 받고 깨어났을 때부터였는지도 몰랐다.

그녀가 검풍루에 들어온 지 어언 십이 년. 그리고 살수로 활동한 지는 벌써 구 년이 흘렀다.

그동안 수백 차례의 암살을 성공시켰으며, 수십 차례 상처를 입어 곤경에 처한 적도 있었지만 지금처럼 큰 중상을 당하기는 처음이었다.

그러므로 누군가에게 치료를 받은 것도, 상체가 벌거벗겨진 것도, 복면이 벗겨져 진면목을 드러낸 것도 모두 처음 있는 일이었다.

그리고 그 '처음'의 중심에는 설무검이 있었다. 모두 설무검으로부터 비롯된 일이다.

검풍일호는 설무검 때문에 중상을 당했다. 검풍루주 한효령은 전력을 다해서 그를 보필하되, 무슨 일이 있어도 표적을 암살해야 한다고 거듭 명령했었다.

만약 그렇지 않았다면, 검풍일호가 설무검을 구하려다가 대신 검에 베이는 우매한 행동은 절대 하지 않았을 것이다.

검풍일호 덕분에 암살을 성공시키고, 또 왼팔이 잘리는 것을 모면한 설무검이 최선을 다해서 그녀를 치료하고 돌보는 것은 당연한 일이었다.

그렇지만 정작 당사자인 검풍일호는 당연하다는 기분을 느끼지 못하고 있었다.

'이 사람… 누구지?'

검풍일호는 다른 곳을 보고 있는 설무검을 조심스럽게 응시하면서 내심 중얼거렸다.

그녀는 설무검을 도우라는 명령만 받았을 뿐이지 그의 신분에 대해서는 아는 바가 전무했다.

그녀가 누군가의 신분이 궁금해 보기는 실로 오랜만인 것. 아니, 생애 처음인 것 같았다.

대체 누구기에 봉황단주를 마음대로 부리고, 또 그녀를 대수롭지 않게 여기는 것인지 궁금했다.

"검풍일호."

그때 설무검이 시선을 돌려 검풍일호를 쳐다보면서 나직이 입을 열었다.

검풍일호는 속으로는 설무검에 대해서 생각하고 있었지만, 언제나처럼 얼굴은 무표정했다. 또한 대답조차 하지 않았다. 다만 물끄러미 설무검을 쳐다볼 뿐이었다.

"네가 찾아달라고 했던 두 사람이 잠시 후에 이 방에 들어올 것이다."

"……."

순간 검풍일호의 몸이 긴장으로 나무토막처럼 경직됐다.

머리는 아직 설무검의 말을 제대로 인식하지 못했는데, 가슴
이 먼저 알아듣고 몸이 반응을 보인 것이다.

"대체 어떻게……."

그녀는 자신이 무슨 말을 하는지도 모르는 것처럼 입 속으
로만 중얼거렸다.

그렇다. 아침에 찾아달라고 부탁한 사람을 도대체 무슨 방
법을 썼기에 불과 한나절 만에 찾아내서 제 발로 걸어오게 한
다는 말인가?

그것도 한 사람이 아니라 두 사람 모두를 말이다.

잠시가 지나서야 비로소 검풍일호의 머리가 설무검의 말
뜻을 인지했다.

그렇지만 그저 인지했을 뿐이지 머리는 아무런 지시도 내
리지 못하고 있었다. 그때부터 그녀의 머리는 아무런 기능도
하지 못했다.

십이 년 동안의 살수행에서 터득하고 쌓은 노련한 경륜과
냉철한 판단력은 순식간에 사라져 버렸다.

그리고 아주 오래전에 깡그리 내버렸다고 생각했던 그 옛
날의 순박한 감정이 오롯이 되살아나 마음과 몸을 제멋대로
다루기 시작했다.

이 순간만큼은 설무검이 누구인지에 대한 궁금증도 사라
져 버렸고, 상처의 고통마저 조금도 느끼지 못했다.

그리고 제일 먼저 심장이 쿵! 쿵! 쿵! 큰 소리를 내면서 힘차게 뛰기 시작했다. 이어서 손과 발이, 그리고 온몸이 가늘게 떨리면서 얼굴 표정이 일그러졌다.

검풍일호는 설무검이 자신을 쳐다보는 것을 알았다. 그러나 단지 알았을 뿐 느끼지는 못했다.

설무검은 그녀가 가늘게 떨고 있는 것과 얼굴에 웃음인지 울음인지, 아니면 격동인지 분노인지 모를 매우 복잡한 표정이 뒤범벅되어 떠오른 것을 발견했다.

그녀는 몹시 흥분하고 있는 상태였다. 잠시 이성을 잃고 있는 것이 분명했다. 그녀의 뇌가 기능을 멈추었고, 감정이 몸을 지배하고 있기 때문이었다.

그러면서도 한 가닥 흐릿한 정신이 그녀에게 맹렬하게 주의를 주고 있었다.

'정신 차려! 그에게 이런 꼴을 보여줄 생각이야?'

그러나 그녀의 의지대로 되는 것은 하나도 없었다. 아니, 지금 그녀에게 의지 같은 것 자체가 없었다.

"대형……."

검풍일호의 귀에 단랑이 가볍게 놀라는 듯한 목소리로 설무검을 부르는 소리가 들렸다. 그러나 먼 곳에서 들려오는 메아리 소리 같았다.

단랑은 검풍일호가 갑자기 흥분하고 있다는 사실을 알아

차렸다. 그녀의 얼굴이 점점 붉어지면서 동공이 초점을 잃고 이리저리 움직였으며, 약간 벌어진 입술 사이로 헐떡이는 소리가 새어 나왔다.

그러더니 급기야 입에서 울컥 검붉은 핏물이 토해져서 이불을 새빨갛게 물들였다.

"이런……."

설무검이 가볍게 놀라 즉시 손을 뻗어 그녀를 조심스럽게 안아 일으켰다.

주화입마였다. 아니, 주화입마가 막 시작되고 있었다.

중상을 입은 상태에서 극심한 흥분과 충격을 받아 주화입마를 일으킨 것이다.

설무검은 침상에 걸터앉아 그녀를 부드럽게 품에 마주 앉으면서 그녀의 등 한복판 명문혈에 장심을 밀착시키고 부드러운 진기를 주입시키기 시작했다.

"하아… 하아……."

설무검에게 안긴 검풍일호는 뺨을 그의 뺨에 붙이고 입을 그의 귓전에 댄 채 애처롭게 가쁜 숨을 할딱였다.

그런데도 그녀는 자신이 주화입마에 들었다는 사실을 느끼지 못하고 있었다.

그녀의 머릿속은 온통 잠시 후에 보게 될 두 사람 생각으로 가득 차 있었다.

설무검의 장심에서 강물 같은 도도한 진기가 검풍일호의 명문혈로 쉴 새 없이 주입되고 있었다.

설무검의 신속한 대응 덕분에 그녀의 주화입마는 빠르게 가라앉고 있었다.

그러나 그녀의 격해진 감정은 쉽사리 진정되지 않았다. 그것은 또다시 제이의 주화입마로 이어질 수도 있음을 의미하는 것이다.

"하아… 하아아……."

검풍일호의 어깨를 안은 설무검은 팔에 조금 더 힘을 주어 그녀를 깊게 끌어안았다.

그녀의 주화입마는 정신과 마음의 충격 때문이었다. 그것을 가라앉히려면 깊이 안아주는 방법이 가장 효과적이었다.

그녀의 미친 듯이 뛰는 심장 박동이, 쉴 새 없이 오르락거리는 젖무덤이 설무검의 가슴으로 생생하게 전해졌다.

"나… 두려워요……."

그때 설무검의 귀에 닿아 있는 검풍일호의 까칠하게 메마른 입술 사이로 할딱이면서 떨리는 중얼거림이 조그맣게 새어 나왔다.

그것은 검풍루의 최고 살수 검풍일호라는 껍데기를 벗어버리고, 과거의 어떤 혹독한 사연에 얽매어 있는 가련한 본모습을 찾은 한 여인의 하소연이었다.

이어서 설무검의 뺨이 서늘해졌다. 검풍일호의 눈물이 그의 뺨을 적신 것이다.

검풍루 최고의 살수 검풍일호가 사람을 만나는 것을 두렵다고 말한다. 그리고 눈물을 흘리고 있다.

그러나 설무검은 조금도 놀라지 않았다. 사람은 누구나 두려워하고 눈물을 흘린다.

설무검도 지난 육 년여 세월 내내 두려워했었다. 그리고 수도 없이 울고 싶었다.

울고, 울지 않고는 단지 외부적인 습관과 인내심의 차이일 뿐이지 강함과 약함의 차이가 아니다.

가슴이 무너지면 모두 무너지고 마는 것이다.

만약 설무검의 몸속에 청천검이 박혀 있지 않았더라면, 그것이 그의 원한을 지탱해주지 않았더라면, 그는 수없이 절망하고 또 통곡을 했을지도 모른다.

설무검은 진기 주입을 마치고 손바닥으로 검풍일호의 등을 부드럽게 쓰다듬으며 온화하게 말해주었다.

"진실은 고통스러운 것이다."

설무검은 그녀와 반호, 그리고 오장보 사이에 무슨 일이 있는지 모른다.

그렇지만 그가 오랜 고통 속에서 깨우친 진리는 누구에게나 적용될 수 있을 것이다.

"그것을 극복하고 나면 편해진다."

설무검이 다시 조용히 말을 이었다.

검풍일호의 떨림이 잦아들기 시작했다.

설무검은 손으로 검풍일호의 등을 툭툭 두드렸다. 그 두드림은 그의 미소를 대신했으며, 그녀는 설무검이 미소를 짓고 있다는 것을 느꼈다.

"너는 네가 얼마나 강한 여자인지 모르기 때문에 두려워하는 것이다. 너는 강하다. 그러므로 너를 두렵게 만들 수 있는 것은 그리 많지 않을 것이다."

이윽고 검풍일호의 떨림이 완전히 멈추었다.

설무검이 그녀를 조심스럽게 침상에 눕혔을 때, 그녀의 얼굴에는 평온함이 잔잔하게 떠올라 있었다.

단랑이 수건으로 검풍일호의 입가의 피와 얼굴에 번진 눈물을 묵묵히 닦아주었다.

第六十七章
소련(素蓮)

"날 좀 앉혀주겠어요?"

주화입마가 가라앉은 검풍일호는 설무검을 가만히 응시하다가 조용히 말했다.

설무검이 사해부에서 그녀를 처음 만난 후 줄곧 들어왔던 딱딱한 말투가 아니었다. 마치 누이동생이 오라비를 대하듯 평범한 말 같았다.

단랑이 손을 뻗는 것을 설무검이 제지하고 자신이 직접 검풍일호를 일으켜서 등 뒤에 베개를 돋우고 편안하게 기대어 앉게 해주었다.

이어서 하녀를 불러 검풍일호에게 세수를 시키고 머리를 손질하게 하는 등 외모를 다듬어주라고 지시한 후, 단랑을 데리고 밖으로 나갔다.

검풍일호는 여전히 살수의 흑의 야행복 차림에 머리는 헝클어진 초췌한 모습이었다.

설무검이 대전의 창가에 놓인 탁자 앞에 앉아서 단랑과 함께 차를 마시고 있을 때 반호와 오장보가 당도하여 실내로 들어섰다.

"다녀왔습니다, 대형."

설무검이 고개를 끄덕이자 오장보가 보고를 시작했다.

"소림사에 많은 문파의 인물들이 모여 있었습니다."

설무검의 명령으로 오장보는 소림사에, 반호는 무당파에 다녀오는 길이다.

"그들은 구파일방 사람들이었습니다. 소제가 소림사에 잠입했다가 어떤 자들의 대화를 듣고 알아낸 몇 가지는 구파일방이 모여서 천추혈의맹이라는 조직을 결성했다는 것과 맹주가 소림방장인 원공선사라는 것, 구파일방의 장문인들과 장로들, 각 파에서 선발한 삼천 명의 일대제자(一代弟子)들로 구성됐다는 것들입니다."

놀라운 사실이었고, 처음 듣는 내용이지만 설무검은 마치 전부터 알고 있는 내용을 다시 한 번 듣는 사람처럼 표정의 변화가 없었다.

소림사에 있는 각 문파의 고수들 중에서 지위가 높은 자 한 명을 제압해서 납치해 오거나 문초를 했다면 더 많은 것들을 알아낼 수 있었을 것이다.

하지만 설무검이 아무도 건드리지 말고 눈으로 보고 귀로 듣기만 하라고 지시했기에 그러지 못했다.

자파의 사람 하나 사라진 것이 아무것도 아닐 수도 있지만, 괜히 그것 때문에 누군가가 소림사, 아니, 천추혈의맹이라는 것에 관심을 갖고 있다는 사실을 친절하게 알려줄 필요는 없는 것이다.

타초경사(打草驚蛇)라고 했다. 괜히 풀을 건드려서 뱀을 놀라게 할 필요는 없었다.

오장보가 보고를 마치고 옆으로 비켜서자 이번에는 반호가 설무검 앞에 서서 공손히 허리를 굽혔다.

"소제는 알아낸 것이 없습니다. 무당파에는 장문인도, 장로들도, 대부분의 일대제자들도 없이 몇 명의 일대제자들이 문파를 이끌고 있었습니다."

무당파에 없는 장문인과 장로들, 일대제자들은 아마도 소림사에 모여 있을 것이다.

설무검은 고개를 끄덕였다.

"수고했다."

그가 잠시 생각에 잠긴 동안 단랑은 차를 마셨고, 반호와 오장보는 묵묵히 기다렸다.

중천무림 내에는 대략 삼백여 개의 방, 문파들이 속해 있으며, 중천군림성이 맨 꼭대기 정점에 있었고, 그 바로 아래에 중천오세, 그 아래가 중천십이지파, 그리고 불문과 도가의 문파로 중천군림성에 충성을 맹세했던 중천무림의 세력권 안에 있는 다섯 문파, 즉 중천오문이 있었다.

설무검은 중천사세와 설란궁, 중천오충, 중천칠지파들이 제각기 나름대로의 활동을 하고 있는데 반해서, 중천오문의 소식이 전혀 들려오지 않고 있으며 너무 조용하다는 사실에 주목을 한 것이었다.

그의 경험으로 미루어볼 때, 지나치게 조용한 무리가 있다면 필경 무언가 일을 꾸미고 있는 것이 분명했다.

그래서 그것을 확인할 생각으로 반호와 오장보를 각각 소림사와 무당파로 보냈던 것인데, 과연 중천오문은 조용히 일을 꾸미고 있었던 것이다.

그것도 구파일방을 모두 끌어들여서 천추혈의맹이라는 조직까지 결성을 한 것이다.

설무검은 그들의 목적이 무엇인지 어렵지 않게 알 수 있을 것 같았다. 표면적으로는 박해를 받고 고통을 겪는 중생들을 구하는 것이 목적이라고 내걸었을 것이다.

그러나 실상은 구파일방이 누렸던 과거의 세력과 명성을 되찾고 싶은 것일 게다.

중천절, 즉 검신 설무검의 통치하에서는 꿈도 꾸지 못할 계획을 꾸미고 있는 것이다.

설무검의 통치하에서의 중천무림은 그 어느 때보다도 평화로웠다. 싸움이 멈추었고, 살인이 그쳤으며, 무림인의 수는 눈에 띄게 빠른 속도로 줄어들었다.

태평성대가 찾아오면 사람들은 굳이 힘들여서 무사가 되려고 하지 않는다.

세상이 시끄럽고 혼란하며 뒤숭숭해야지만, 사람들은 이것저것 다 해보다가 마지막 방법으로 손에 무기를 쥐고 싸움이나 사람을 죽여서라도 가족을 이끌어야 한다는 절박한 결심을 하게 되는 것이다.

그러나 설무검의 통치하에서는 오히려 수많은 무사들이 할 일을 잃고 너도나도 검을 팔아 소를 사서[賣劍買牛] 농사를 지으러 떠났었다.

그런데 중천무림에서 절대자가 사라지고 나자 예전의 무사들이 다시 무림으로 돌아오기 시작했다.

그러더니 급기야 농사꾼과 장사치들마저도 무술을 배워 무림에서 출세를 해보려는 헛된 꿈을 꾸었다. 중천무림이 어수선해졌기 때문이었다.

그리고 중천오문이 주축이 되어 구파일방이 천추혈의맹을 결성했다는 것이다.

이윽고 설무검이 생각을 끝내고 몸을 일으켜 자신의 방으로 걸어갔다.

"따라와라."

반호와 오장보는 조심스럽게 설무검을 뒤따랐다. 멀리 임무를 띠고 다녀온 후에는 보통 휴식을 취하라고 했었는데, 따라오라고 하자 조금 의아한 생각이 들었지만 별다른 생각은 하지 않았다.

설무검은 두 사람에게 검풍일호에 대해서는 한마디도 하지 않았다.

보통 사람들 같으면 필경 의제인 두 사람에게 궁금한 것이 있을 테고, 검풍일호에 대해서 미리 슬쩍 언질을 주어 의제들이 불리한 상황에 빠지지 않도록 손을 쓸 텐데도 설무검은 일체 함구했다.

검풍일호와 반호, 그리고 오장보, 세 사람이 얽혀 있는 과거사에 대해서 자신이 해줄 일이 없다고 생각했기 때문에 중립을 지키려는 의도였다.

비불외곡(臂不外曲). 팔이 안으로 굽지 밖으로 굽겠느냐고 하지만, 설무검은 그런 사람이 아니다.

잘잘못은 덮어두고 부모가 자기 자식의 허물을 전혀 모르는 식의 막지기자지악(莫知其子之惡)의 행태 같은 것은 설무검과 거리가 멀다.

그래서 그는 냉정한 방관자가 되기로 했다. 때로는 어설픈 참견이나 도움보다는 본인들끼리 해결하는 것이 더 좋을 때가 왕왕 있는데, 지금이 바로 그런 때였다.

설무검이 실내로 들어서자 침상에 앉아 있던 검풍일호가 그를 바라보았다.

그녀는 그의 뒤에 누군가 따르고 있는 것을 얼핏 봤으면서도 그를 먼저 보았다.

설무검은 빙그레 부드러운 미소를 지었다. 너무 강파라서 험상궂게까지 보이는 그의 얼굴에 떠오른 미소는 매우 독특했고 신비로운 매력을 지니고 있었다.

하녀들의 도움으로 외모를 다듬은 검풍일호는 완전히 다른 사람으로 변모해 있었다.

봄 산의 경치처럼 화사한 꽃무늬 비단옷을 입었으며, 긴 머리를 틀어 올려 고급스러운 금봉채(金鳳釵)를 꽂았고, 얼굴에는 옅은 화장을 했다.

매우 아름다웠다.

그곳에는 검풍루 최고 살수인 검풍일호는 없고, 그 대신 명문대가의 규수인 양 청순한 아름다움을 물씬 풍기는 미녀가 앉아 있었다.

설무검은 그녀가 자신을 바라보는 이유를 알고 있다. 그녀의 마음속에 아직도 미진한 두려움이 조금쯤 남아 있기 때문에 도움을 원하는 것이었다.

그러나 설무검은 단지 부드러운 미소를 지으면서 가볍게 고개만 끄덕였다.

간단한 동작이었지만, 검풍일호는 그것만으로도 충분한 도움을 받았다.

'진실은 고통스럽다. 그러나 그것을 극복하고 나면 편안해진다' 라는 설무검의 말이 생각난 것이다.

그래서 지금은 고통과 충격의 시간이지만, 곧 편안해질 것이라고 믿었다.

설무검은 침상에서 뚝 떨어진 탁자로 걸어가 앉았고, 단랑이 따라와서 맞은편에 앉았다.

설무검이 비켜선 뒤쪽에는 따라 들어오다가 멈춘 반호와 오장보가 나란히 서 있었다.

검풍일호의 시선이 두 사람에게 향했다.

반호와 오장보는 설무검이 아무 말없이 탁자로 가서 앉아 느긋하게 차를 마시자 그의 지시를 기다리듯 묵묵히 서 있기만 했다.

검풍일호의 눈길이 반호와 오장보를 여러 차례 오갔다. 그러다가 이윽고 반호의 얼굴에 고정됐다.

순간 그녀의 눈초리가 가볍게 떨렸고 목이 울컥거렸다. 눈물이 솟구치려는 것을 입술을 지그시 깨물며 참는 모습이 역력했다.

반호와 오장보 중에서 검풍일호를 먼저 발견한 사람은 경험이 풍부한 오장보였다.

그는 설무검에게서 시선을 거두어 천천히 실내를 둘러보다가 침상에 누워 있는 검풍일호를 발견했다.

하지만 한 번도 본 적이 없는 낯선 여자의 모습이었다.

사람이란, 과거에 있었던 수많은 일과 사건들 중에서 자신에게 강렬한 인상을 남겼던 순서대로 기억을 하고 있다. 그러므로 별로 중요하지 않은 일은 머리에 저장되어 있지 않고 사라져 버리는 것이다.

오장보는 과거에 분명히 검풍일호, 아니, 검풍일호가 되기 전의 한 여자를 잠시 동안 만난 적이 있었다. 그렇지만 그에게 그다지 중요한 여자가 아니었기에 기억에서 사라져 버린 존재였다.

올곧은 성격의 반호는 여전히 설무검을 보고 있었다. 그가 자신을 실내로 불렀기에 무슨 명령이나 말을 할 것이라고 생각하여 꾸준히 기다리고 있는 것이다.

하지만 한동안 기다려도 설무검은 조용히 차만 마시고 있을 뿐 아무 말도 하지 않았다.

그제야 반호는 설무검에게서 시선을 거두어 조금 여유를 갖고 천천히 실내를 둘러보았다.

아니, 둘러보려고 할 때 누군가 자신을 쳐다보고 있다는 강렬한 느낌을 받고 무심코 그 사람을 쳐다보았다.

"아!"

그 순간 반호는 자신도 모르게 낮은 탄성을 터뜨렸다.

온몸이 단단하게 경직됐으며, 두 눈이 찢어질 듯이 부릅떠졌고, 바닥을 딛고 선 두 발이 후들후들 떨렸다. 아니, 바닥이 끝도 없는 아래로 꺼지는 것 같았다. 그리고 심장이 미친 듯이 두근거렸고, 자신도 모르게 두 주먹을 힘껏 움켜쥐었다.

그의 시선은 검풍일호의 얼굴에 못 박혀 있었다.

검풍일호 역시 침착하려고 애쓰면서 눈 한 번 깜빡이지 않고 그를 마주 바라보았다.

반호는 예전에 경붕현의 무투장에 초청되어 온 다물상단의 고선을 보는 순간 그녀가 자신이 예전에 알고 있었던 어떤 여자로 착각을 하여 반쯤 정신이 나간 상태에서 한바탕 실수를 저지른 적이 있었다.

그랬던 그가 지금은 그때보다 더 크게 놀라고 있었다. 하지만 그는 자신이 보고 있는 여자가 고선이 아니라는 것을 한눈에 알아보았다.

굳이 고선에게는 있지 않은 코의 점을 확인했기 때문이 아니었다.

고선은 반호가 예전에 알고 있던 어떤 여자와 판에 박은 듯이 똑 닮은 모습이었다.

하지만 지금 보고 있는 여자는 얼굴뿐만 아니라 분위기와 표정, 느낌마저도 그 옛날 그녀와 완벽하게 똑같았다.

반호는 검풍일호에게서 잠시 시선을 거두고 꿈을 꾸듯 몽롱한 표정으로 설무검을 쳐다보았다.

그리고는 이 일이 대체 어떻게 된 것인지, 그리고 자신이 어떻게 해야 하는지를 표정으로 물었다.

설무검은 찻잔을 손에 쥔 채 담담히 미소를 지으면서 고개를 끄덕였다.

그로써 반호는 자신이 꿈을 꾸고 있는 것이 아니며, 지금 보고 있는 여자가 과거의 그녀라고 확신했고, 이제부터는 자신의 감정에 충실하기로 마음먹었다.

반호의 시선이 다시 검풍일호에게 향했다. 그리고는 쓰러질 듯이 비틀거리면서 그녀에게 다가가며 열병을 앓는 사람처럼 중얼거렸다.

"소련… 정말 너냐?"

검풍일호는 침상 가에 바짝 다가와서 멈춘 반호에게서 시선을 떼지 않은 채 고개를 끄덕였다.

대답을 하려는데 극도로 감동하여 목이 메어서 아무 말도 나오지 않았다. 그저 아까부터 두 눈에 가득 고여 있던 눈물이 후드득 흘러내렸다.

"아아… 소련……."

평소의 반호는 언행에 한 치의 빈틈이 없으며, 또한 과묵하면서도 여간해서는 속마음을 겉으로 표현하지 않는 사내 중에 사내였다.

그러나 지금의 그는 감정에 온몸을 내맡긴 채 아무것도 생각하지 않았고 생각할 수가 없었다. 인내심도, 절제도 그에게는 무의미했다.

그는 자신의 운명을 향해 나아가듯이 두 팔을 내밀며 검풍일호에게 바짝 다가들었다.

검풍일호는 기다렸다는 듯이 반호의 품에 상체를 쓰러뜨리면서 안겼다.

그리고 두 사람은 말없이 서로를 힘껏 끌어안았다.

이 순간의 두 사람은 자신들이 갖고 있던 신분이나 멍에를 죄다 던져 버린 채, 단지 서로를 애타게 그리워하며 갈구하던 한 쌍의 젊은 남녀일 뿐이었다.

검풍일호는 반호의 품에 안겨 온몸을 파들파들 떨면서 오열하며 흐느꼈다.

반호는 아무 말도 하지 않고 그녀를 안은 팔에 조금씩 더 힘을 주기만 했다.

그녀와 헤어져 있던 십이 년 세월이 자신의 잘못 때문이라고 생각하는 그는, 그녀 앞에서 아무런 할 말이 생각나지 않았다.

반호를 떠나야만 했던 검풍일호, 아니, 소련은 그것이 또 자신의 잘못이라 여기고 있었다.

그래서 그 긴 세월 동안 괴로워했을 그에게 한마디 말도 꺼내지 못하고 그저 울기만 했다.

그렇게 얼마나 시간이 흘렀을까.

두 사람의 거친 파도처럼 격앙됐던 마음이 어느 정도 가라앉았을 때, 두 사람은 거의 같은 순간에 똑같은 생각을 했다.

그리고는 몸을 돌려 오장보를 쳐다보았다.

그런데 오장보는 두 사람을 향해 바닥에 무릎을 꿇고 엎드려 머리를 조아리고 있는 것이 아닌가.

하지만 그 광경을 보면서 놀라는 표정을 짓는 사람은 단랑뿐이었다.

설무검도 오장보의 돌연한 행동에 조금 놀랐으나, 내심 짐작되는 부분이 있어서 가만히 있었다.

소련이 설무검에게 반호와 오장보를 찾아달라고 부탁을 하면서 한 사람은 보고 싶은 사람이고, 또 한 사람은 죽이고 싶은 놈이라면서 한 사람을 찾게 될 경우에는 반호를 찾아달라고 했었다.

오장보와 반호는 아버지와 아들 같은 사이다. 비록 오장보가 설무검의 의제가 되면서 반호의 아우가 됐지만, 두 사람의 그런 관계는 예나 지금이나 변함이 없었다.

한 가지 변화가 있었다면, 오장보가 예전의 나쁜 성격들을 모두 버리고 탄도괄장, 새 사람이 된 덕분에 누구보다도 반호가 기뻐했으며, 또 예전보다 훨씬 더 오장보와 가까워졌다는 사실이었다.

그때 오장보가 얼굴을 바닥에 묻은 채 착 가라앉은 목소리로 입을 열었다.

"나는 예전에 소련 낭자에게 씻지 못할 죄를 지은 적이 있다는 사실을 우둔하게도 방금 전에야 기억해 냈소. 그러므로 소련 낭자가 나 오장보를 죽인다고 해도 달게 받겠으니 어서 손을 쓰시오."

처음에 오장보는 소련을 알아보지 못했었다. 그러나 반호가 그녀의 이름을 부르는 순간 과거의 한 편린이 비수처럼 그의 심장에 쑤셔 박혔다.

가해자는 쉽게 망각하지만 피해자는 죽을 때까지 잊지 못하는 상처가 원한이라는 것이다.

소련은 처음에 오장보가 실내에 들어섰을 때 그가 너무 늙어버려서 얼굴을 금방 알아보지 못했었다.

십이 년 전의 오장보는 지금처럼 마른 체구가 아니고, 사 년 전의 비대한 체구도 아닌 전장에서 막 은퇴한 장군의 모습, 즉 단단한 근육질이었다.

그러나 주지육림에 빠져서 생활하는 동안 체중이 이백 근이 넘을 정도로 불었다가 지난 사 년여의 혹독한 수련으로 체중이 반으로 줄었으니, 그 모습이 오죽하랴. 쭈글쭈글한 것이 영락없는 중늙은이의 모습이었다.

하지만 소련이 그의 얼굴을 어찌 잊겠는가.

길고도 긴 십이 년 세월 동안 매일 그를 수십 가지 잔인한 방법으로 죽이는 꿈만을 꾸어온 소련이 오장보를 알아보는 것은 그리 어려운 일이 아니었다.

두 눈을 한껏 부릅뜨고 오장보를 쏘아보는 소련의 눈에서 파란 불꽃이 뿜어졌다.

"빠드득……."

악다문 그녀의 입에서 이빨 가는 소리가 흘러나왔다. 단지 그것뿐이었지만, 섬뜩한 원한이 실내를 지배했다.

십이 년 전은 열하맹룡 오장보가 전장에서 강제로 퇴역을 당하여 경붕현 군총교독이라는 한직에 임명된 지 일 년이 지난 해였다.

당시 마흔한 살의 그는 그때까지도 미혼이었다. 전장을 전

전하느라 혼인을 할 기회가 없기도 했지만, 누군가에게 얽매이기를 싫어하는 성격 때문이라는 이유가 더 커서 나이가 들어가는 데에도 혼인할 생각을 하지 않았던 것이다.

그러던 그가 한직으로 물러나고 보니 예전과는 모든 것이 달라졌다고 생각했다. 그래서 가정을 꾸려볼 요량으로 이리저리 신부가 될 만한 처자를 물색하기에 이르렀다.

그러다가 우연히 눈에 띈 여자가 군총교독 관저 내의 주방에서 일하고 있던 반빗아치[饌婢:찬비]였는데, 그녀가 바로 당시 고아였던 열여덟 살 소련이었다.

오장보는 소련을 마음에 두고 며칠 동안 유심히 눈여겨서 지켜보았다.

그녀는 관아에서 반빗아치 노릇을 하기에는 아까울 정도의 미모를 지녔었다. 게다가 자태가 고왔고, 또 청순하면서도 착한 것이 그의 마음에 쏙 들었다.

그래서 오장보는 어느 날 주방의 반빗아치들의 우두머리 여인인 주선(主膳)에게 밤중에 반드시 소련에게 술상을 들려서 혼자 자신의 방으로 들여보내라고 은밀히 당부를 했다.

그리고는 감히 오장보를 똑바로 쳐다보지도 못한 채 내내 고개만 푹 숙이고 있으면서 술을 따르라는 말에 몇 번이나 술잔을 넘치게 따라 그의 손을 적시며 두려움에 떨던 소련을, 그는 기어코 겁탈을 하고 말았었다.

그날 밤, 소련은 순결을 지키려고 정말 필사적으로 몸부림치면서 저항을 했었다. 눈물로 애원도 해보고, 오장보의 팔뚝을 물어뜯으면서 새파랗게 독기를 뿜어내며 발악을 했었다.

그러나 결국 그녀는 십팔 년 동안 간직해 온 순결을 짓밟히고 말았다.

오장보는 그날 밤의 겁탈로 소련을 자신의 여자로 만들었다고 느긋하게 생각했다.

소련과 하룻밤을 보낸 그는 그녀가 더욱 마음에 들었다. 그래서 그녀를 부인으로 맞이하리라 결심했다.

사실 그는 자신이 아들처럼 여기는 반호가 소련을 좋아하고 있다는 사실을 짐작하고 있었다. 며칠 동안 소련을 지켜보는 과정에서 반호와 소련이 남의 눈을 피해 은밀한 장소에서 몰래 만나는 광경을 두어 차례 목격했던 것이다.

그렇지만 오장보는 조금도 개의치 않았다.

그는 자신이 원하기만 하면, 그것이 물건이든 사람이든 상관하지 않고 기필코 손에 넣어야만 직성이 풀리는 성격이었다. 그러므로 소련이 반호의 여자라는 것은 그에게 그리 중요한 난관이 되지 못했다.

더구나 그가 보기에 두 사람은 아직 혼인을 약속한다든지 하는 깊은 관계도 아닌 것 같았다.

소련이 그때까지도 순결을 고이 간직하고 있었던 것만 봐도 능히 짐작할 수 있는 일이었다. 그러니 하등의 문제될 것이 없다고 판단했던 것이다.

다음날, 수하에게 혼사 준비를 지시하고 있을 때 주방의 수모가 찾아와 놀라운 소식을 전해주었다.

소련이 자신의 방 문설주 위에 줄을 묶고 목을 매서 자결을 시도했다는 것이다.

마침 동료 반빗아치의 눈에 띄어 목숨은 건졌지만, 그녀는 넋이 나간 사람처럼 누워서 울기만 하고 있다고 했다.

오장보는 적잖이 충격을 받았다. 소련이 자결을 기도할 정도로 절망했다는 사실 때문이었다.

그는 소련 따위의 천한 고아 반빗아치를 자신이 부인으로 삼아 거두어주는 것이 오히려 그녀에게 베푸는 은총 정도로 생각하고 있었다.

자신이 그녀를 구렁텅이에서 구원하여 새 삶을 주는 것이라고 여긴 것이다.

그런데 그녀가 자결을 하려고 했다는 것이니 어찌 충격을 받지 않았겠는가.

오장보가 소련의 자결 미수 소식을 전해 듣고 허탈해하고 있을 때, 또다시 충격적인 급보가 전해졌다.

이번에는 아들 같은 반호가 자신의 방에서 단검으로 자신의 배를 갈라 죽어가고 있는 것이 발견됐다는 것이다.

그제야 비로소 오장보는 깨달았다.

반호와 소련이 서로를 진심으로 깊이 사랑하는 사이라는 사실을. 자신들의 목숨을 끊을 정도로 떨어질 수 없는 관계라는 사실을.

그런 상황인데도 오장보는 자신이 크게 잘못했다는 생각은 들지 않았다. 그저 자신이 소련과의 혼사를 흔쾌히 철회하고 나서, 그녀를 반호에게 눈 딱 감고 양보하는 것쯤으로 일이 무마될 것이라고 낙관한 것이다.

그러나 며칠 후에 들려온 보고는 그의 섣부른 생각이 오판이었다는 사실을 일깨워 주었다. 소련이 감쪽같이 사라졌다는 것이다.

오장보는 수하들을 풀어 경붕현 관내를 수색하게 했지만 소련은 끝내 발견되지 않았다.

더구나 반호는 거의 이성을 잃고 미친 사람처럼 소련을 찾아 헤맸다.

그는 군총에도 돌아오지 않고 장장 반년 동안이나 그렇게 소련을 찾아 헤매다가 결국 빈손으로 돌아와서는 그날부터 술독에 빠져서 살았다.

그렇게 다시 반년의 세월이 흘렀고, 도합 일 년이 지나서야 그는 제 스스로 추스르고 일어나 업무에 복귀했다.

하지만 반호는 오장보를 원망하는 따위의 어떠한 말과 행동도 하지 않았다.

예전과 조금도 다름없이 묵묵히 오장보를 아버지처럼, 주인처럼 섬겼다.

그러나 오장보는 반호의 가슴속 깊은 곳에 죽어서라도 지워지지 않을 커다란 생채기가 뚜렷하게 새겨져 있다는 것을 그 이후 세월이 흐르면서 차츰 알게 되었다.

그때 이후, 반호와 오장보는 소련에 대해서 한마디도 나누지 않고 오늘에 이르렀다.

그리고 세월이 흐르면서 오장보는 그 일을 까맣게 잊었지만, 반호는 장장 십이 년 동안 후회와 그리움으로 몸부림치면서 살아왔다.

소련의 눈에서 더욱 새파란 살기가 뿜어졌다.

그녀는 천천히 오른손을 들어 올렸다. 오장보의 머리통을 일장에 박살 내기 위해서였다.

가문을 몰살시켜 피로 물들이고, 부모를 죽인 흉수만이 원수가 아니다.

순결을 짓밟아서 사랑하는 사람을 잃게 만들고, 수많은 세월을 눈물로 보내면서 정인(情人)이 그리워 속이 새카맣게 타도록 만든 자도 원수인 것이다.

소련에게 순결은 목숨이었다. 아니, 목숨보다 더 소중했었다. 그 순결을 잃고 정인의 곁을 떠나야만 했던 그녀의 삶은 그때 끝났었다.

사랑하는 사람이 너무나 사무치게 그리워도 돌아가지 못하고 타향을 떠돌아야 했던 것은, 그녀에게는 무엇과도 비교할 수 없는 형벌이었다.

그러므로 오장보 같은 파렴치한은 마땅히 죽어서 없어져야 할 인간인 것이다.

그러나 소련은 힘없이 오른손을 내렸다. 중상을 입었기 때문에 공력을 모을 수가 없었다.

그녀는 독한 표정으로 오장보를 쏘아보면서 대신 반호에게 부탁했다.

"반가, 당장 저놈을 죽여요."

그러나 반호는 움직이지 않았다.

그의 얼굴에는 난감하다는 표정도, 복잡한 갈등도 일체 떠올라 있지 않았다.

그는 오장보를 죽일 마음 같은 것이 추호도 없는 것이다.

소련은 어이없는 표정으로 반호를 바라보며 물었다.

"반가, 왜 저놈을 죽이지 않는 거죠? 저놈이 소녀에게, 우리에게 무슨 짓을 했었는지 잊었나요?"

슥—

반호는 대답 대신 조용히 일어나더니 오장보에게 걸어갔

다.

그제야 소련은 반호를 보면서 회심의 미소를 지었다. 그가 원수 오장보를 죽일 것이라고 믿었다.

그러나 반호의 다음 행동은 소련의 기대를 여지없이 분질러 버렸다.

그는 오장보 옆에 나란히 무릎을 꿇고 소련을 향해 머리를 조아렸다.

"연 매, 나를 대신 죽여줘."

"……."

소련은 추호도 예상하지 못했던 상황에 말을 잇지 못하고 얼굴 가득 불신의 표정을 떠올린 채 반호를 바라보았다. 그녀는 눈앞에 벌어진 광경을 믿지 못하는 것 같았다.

오장보는 괴로운 얼굴로 반호를 쳐다봤지만 아무 말도 하지 못했다.

"반가, 대체 왜 그러는 거죠?"

잠시가 지나서야 그녀는 착잡한 표정으로 입을 열었다.

반호는 고개를 들고 소련을 바라보았다.

그의 얼굴에 진심 어린 표정이 칼로 새긴 것처럼 뚜렷하게 떠올랐다.

"연 매, 이분은 내게 아버지 같은 분이시다. 그런데 어찌 아들이 아버지가 눈앞에서 돌아가시는 것을 지켜볼 수 있겠는가? 그러니 차라리 나를 죽여다오.”

“당신… 그럼 나는 중요하지 않다는 말인가요? 나는… 십이 년 동안을 고통 속에서 살며 매일 저자를 죽이는 꿈만 꿨어요. 그런데 당신은…….”

소련은 억울하다는 듯, 하소연하듯 물었다.

처음으로 반호의 얼굴에 괴로운 표정이 떠올랐다.

소련은 눈물이 솟구쳤다.

십이 년 전에 자신이 저런 남자를 사랑했었는가. 너무도 후회스러웠고, 자신의 인생이 참으로 허무하다는 절망감이 엄습했다.

“저자를 위해서는 죽을 수도 있으면서… 소녀를 위해서는 과연 무엇을 해줄 수 있죠?”

그녀는 그렁그렁 눈물을 머금고 피가 나도록 입술을 깨물면서 한스럽다는 듯 물었다.

“미안하다.”

반호는 혀를 씹듯이 뇌까렸다.

소련의 원망은 오장보에게서 반호에게로 옮겨갔다.

“당신 같은 사람을 내가 그토록 그리워했었다니…….”

그때 오장보가 갑자기 몸을 일으키면서 반호의 팔을 잡아 일으켰다.

“호야, 일어나라.”

그러더니 누가 말릴 사이도 없이 반호의 상의를 번쩍 들어 올려 그의 배가 드러나게 했다. 지금 오장보는 반호의 의제가 아니라 의부(義父)였다.

"소련 낭자! 이것을 보시오!"

소련의 시선이 부지중 반호의 배로 향했다가 움찔 놀라는 표정을 지었다.

반호의 배에 가느다란 뱀 굵기의 칼에 베인 흉터가 가로로 길게 그어져 있었기 때문이다.

오장보가 참담한 얼굴로 탄식하듯이 말했다.

"십이 년 전, 소련 낭자가 자결을 하겠다고 목을 맸을 때 이 녀석 역시 자결을 한답시고 자신의 배를 갈랐었소! 수하가 조금만 늦게 발견했어도 그때 죽었을 것이오!"

소련의 얼굴에 경악지색이 파도처럼 퍼졌다.

"그리고 며칠 후에 소련 낭자가 사라지자 이 녀석은 채 낫지도 않은 몸을 이끌고 군총을 떠나 반년 동안이나 소련 낭자를 찾아 헤매다가 피골이 상접한 몰골로 돌아왔었소!"

"아……."

소련의 입에서 흐느낌 같은 한숨이 새어 나왔다.

오장보가 간곡하게 말했다.

"부탁하오! 부디 나를 용서하고 호아와 백년해로하기를 바라오! 이것은 나의 진심이오!"

차앙!

순간 오장보는 어깨의 육룡검을 뽑자마자 번개같이 자신의 목을 베어갔다.

"앗!"

"육제!"

반호와 단랑이 다급하게 부르짖었다.

그렇지만 반호는 오장보 곁에 서 있었으면서도 그의 동작이 워낙 빨라 미처 제지할 방도가 없어 두 눈을 부릅뜨고 그 광경을 지켜볼 따름이었다.

쌔액!

쨍!

그때였다. 날카로운 파공음과 고막을 울리는 쇳소리가 동시에 실내를 울렸다.

콱!

그리고 오장보의 손을 벗어난 육룡검이 실내 허공을 가로질러 맞은편 벽에 깊숙이 꽂혔다.

사람들의 시선이 일제히 설무검에게 향했다.

설무검은 천천히 오른손을 거둬들이고 있었다. 방금 전 그의 오른손 중지에서는 섬탄지(閃彈指)라는 고매한 지풍이 발출됐었다.

"대형……"

오장보는 착잡한 표정으로 설무검을 쳐다보았다. 왜 제지했느냐는 원망이 그의 얼굴에 역력했다.

설무검은 찻잔을 내려놓고 나서 소련을 쳐다보며 조용히 입을 열었다.

"죽는 사람 없이 원만하게 해결할 방법은 없느냐?"

소련은 조금 전 오장보의 말, 즉 반호가 배를 갈라서 자결을 하려고 했었다는 것과 소련을 찾아서 반년이나 헤맸었다는 사실에 이미 큰 충격을 받았다.

반호도 소련 자신만큼, 아니, 그보다 더 큰 충격과 좌절을 겪었고, 그런 세월을 살아왔음을 깨달았기 때문이다.

그런데다가 오장보가 스스로 자신의 목을 베려고 했다. 누가 보더라도 그것은 연기가 아니었다. 소련은 검풍루 최고 살수다. 그녀의 눈을 속일 수는 없다.

사람이란 감정이, 아니, 마음이 움직여야만 어떤 결정이라도 내릴 수 있다. 결정의 순간에 냉정하게 논리적으로 생각하는 사람은 드문 것이다.

소련은 조용히 설무검을 바라보았다.

"그런 방법이 있나요?"

설무검은 지금의 긴장된 상황에는 어울리지 않게 빙그레 미소를 지었다.

"한 손가락으로 누군가를 가리키면, 다른 세 손가락은 자신을 가리키고 있지.”

“무슨…….”

그게 무슨 뜻이냐고 물으려던 소련은 입을 다물었다. 곧 말뜻을 깨달았기 때문이다.

누군가에게 잘못을 물을 때, 그 사람의 잘못이 한 가지라면 자신의 잘못은 세 가지라는 뜻이다.

“나는…….”

자신은 잘못이 없다고 말하려던 소련은 또 말문이 막히고 말았다.

잘못이 있었다. 그것도 많이.

십이 년 전 그날 밤에 술상을 들고 오장보의 방에 들어갔었던 잘못.

그가 자신을 겁탈하려고 달려들었을 때, 조금 더 완강하게 저항하지 못했던 잘못.

그 일이 있기 전에, 반호에게 당신을 사랑한다고 먼저 고백하지 못한 잘못. 그래서 자신이 그의 여자라고 군총의 모든 사람들에게 인식시키지 못한 잘못.

그 일이 있고 난 후에 제대로 자결을 하지 못한 잘못.

만약 그때 죽었더라면 십이 년 동안 그토록 괴로워하지 않았을 것이다.

마르지 않는 샘물처럼 잘못은 수도 없이 생각이 났다.

그렇게 따진다면 이 세상에 태어난 것도 잘못이고, 조실부모한 것도 잘못이며, 하필이면 경붕현 군총의 반빚아치가 된 것도 잘못일 수가 있다.

그러나 무엇보다도 가장 큰 잘못 하나는, 자신이 반호를 떠났다는 사실이었다.

그를 떠나지 않았더라면, 그는 모든 것을 이해하고 오히려 그녀를 위로했을 것이다.

그는 그러고도 남을 사람이다.

소련은 잠시 눈을 감았다가 뜨고는 설무검을 바라보면서 고즈넉한 어조로 말문을 열었다.

"당신이 하라는 대로 하겠어요."

그녀의 얼굴에는 설무검을 굳게 신뢰하는 표정이 잔잔하게 일렁이고 있었다.

그녀의 말에 설무검을 제외한 모든 사람들이 해연히 놀란 표정을 지었다.

모든 사람들이 설무검을 주시했다. 과연 그가 어떤 결정을 내릴지 궁금한 표정이었다.

쪼르르.

설무검은 차를 따르면서 조용히 말문을 열었다.

"오제, 자넨 어떻게 하고 싶은가?"

반호는 소련을 주시하면서 침착한 표정으로 한 자 한 자 분명하게 대답했다.

"연 매가 다시는 제 곁을 떠나지 못하도록 하겠습니다."

그 말에 소련은 눈물이 핑 돌았다.

설무검이 소련에게 물었다.

"소련 생각은 어떠냐?"

소련은 반호를 보며 방울방울 눈물을 흘렸다.

"죽을 때까지 반가 곁을 떠나지 않겠어요."

반호는 소련에게 성큼성큼 걸어가 그녀를 힘껏 안아주었다.

"오제, 그녀는 내 목숨을 구해주다가 대신 부상을 입었으니 부드럽게 안아줘야 한다."

반호는 화들짝 놀라서 그녀를 떼어냈다.

"어, 어디를 다친 거지?"

그 모습을 보면서 단랑이 혀를 찼다.

"쯧쯧쯧. 오래 살다보니까 다섯째가 말을 더듬는 것을 다 보게 되는군."

반호는 소련을 조심스럽게 침상에 눕히고는 그녀의 손을 꼭 잡고 더없이 염려스러운 얼굴로 굽어보았다.

"소련 낭자, 나는……."

그때 오장보가 착잡한 표정으로 소련을 보며 입을 열다가 말끝을 흐렸다.

소련은 누운 채 그를 바라보면서 표정이 복잡하게 변했다.

그를 바라보는 다섯 호흡 정도의 짧은 시간에 그 사건이 있었던 십이 년 전부터 지금 이 순간까지의 일들이 주마등처럼 그녀의 머리를 스쳐 갔다.

이윽고 그녀는 조용히 입을 열었다.

"당신을 용서하면 나를 며느리로 받아줄 건가요?"

오장보의 얼굴이 여러 차례 복잡하게 변했다.

그러더니 한순간 그 자리에 털썩 주저앉으면서 대성통곡을 터뜨렸다.

"으허엉! 고맙다! 며늘아가!"

그날 오장보는 목이 쉬도록 울었다.

第六十八章
들풀 같은 여자

　양연화가 정성껏 준비한 저녁 식사에 초대된 사람은 설무검과 양궁표 두 사람뿐이었다.

　양연화는 정성껏 요리를 다 준비해 놓고서 설무검이 진짜 올 것인가 노심초사하고 있었다.

　그런데 설무검이 온 것은 물론이고 양궁표까지 데리고 오자 기쁜 표정을 감추지 못했다.

　설무검은 식사를 하는 도중에 요리가 맛있다느니, 예전에 먹었던 바로 그 맛이라느니 따위의 칭찬 같은 것은 한마디도 하지 않았다.

그렇지만 양연화는 그런 칭찬을 듣는 것보다 더 기쁜 표정을 얼굴 가득 떠올리고 있었다.

설무검이 식탁 앞에 앉은 이후부터는 한마디 말도 없이 오직 먹는 일에만 열중하고 있으며, 또한 요리들을 이것저것 정말 맛있게 먹고 있기 때문이었다.

양연화가 알기로는 예전에도 설무검은 먹성이 좋았으며, 음식을 가리지 않는 편이었다.

흑풍채 시절의 설무검은 양연화가 밤참을 가져다 주면 언제나 하나도 남기지 않고 깨끗이 비워서 그녀의 마음을 흐뭇하게 만들었다.

지금 설무검은 그때와 변함없이 누가 보더라도 입 안에 침이 절로 고일 정도로 잘도 먹고 있었다.

그의 그런 모습은 백 마디 입에 발린 칭찬보다 양연화를 더 기쁘게 해주었다.

평소 양궁표의 식성은 설무검과 비슷했다. 그러나 양궁표는 설무검을 만난 이래로 그가 지금처럼 잘 먹는 모습을 처음 보는지라 놀라는 표정을 감추지 못하고 있었다.

그렇지만 곧 양연화가 크게 기뻐하는 것을 보고 그의 깊은 뜻을 알아차리고는 고마운 마음이 샘솟았다.

설무검은 정말 양연화가 만든 요리를 그리워했었다. 또한 그녀를 위로해 주고 싶은 마음도 있었기에, 먹기 시작한 지

이각여 만에 마치 걸신이 든 것처럼 식탁의 요리들을 거의 깨끗이 비워 버렸다.

특히 그는 양연화가 만든 압란구(鴨卵灸)와 삼합장과(三合漿果)를 좋아했다.

십여 개의 오리 알들을 깨뜨려서 양념한 것을 대통 속에 넣어 폭 삶은 뒤에 꺼내어 기름을 발라 구운 압란구 요리를 설무검은 흑풍채에서 양연화가 만들어준 것을 처음 먹어보았었다.

삼합장과는 설무검이 예전에도 즐겨 먹던 요리였는데, 양연화가 만든 것은 과거 그가 먹던 것과는 사뭇 맛이 달라서 그의 입맛을 잡아끌었다.

또한 그녀가 만든 요리 중에서 일반 백성들이 즐겨 먹는 국수장국밥, 즉 면장탕반(麪裝湯飯)이나 해삼과 홍합을 넣어서 끓인 시원한 해정탕(解醒湯 : 해장국)도 설무검이 흑풍채에서 처음 먹어본 요리로 양연화와 헤어져 있는 동안 몹시 먹고 싶었다.

양연화는 요리는 아예 먹을 생각도 하지 않은 채 설무검이 먹는 모습을 바라보거나 시중을 드느라 바빴다.

그릇에 요리가 떨어지기 무섭게 재빨리 주방에서 다시 가져오느라 왔다 갔다 하면서 아예 엉덩이에서 비파 소리가 날 지경이었다.

또한 그가 먹기 좋도록 요리 그릇들을 죄다 그의 앞에 몰아 놓는 배려를 아끼지 않았다.

그 바람에 양궁표 앞은 휑하니 비어 있었고, 설무검 앞에는 요리들이 잔뜩 몰려 있었다.

그래도 양궁표는 연신 싱글벙글 얼굴에서 미소를 감추지 못하고 있었다. 그는 요즘 정말 한 올의 걱정도 없이 세상 살 맛이 나서 자신이 설마 꿈을 꾸고 있는 것이 아닌가 하루에도 몇 번이나 뺨을 꼬집어보는 버릇까지 생겼다.

그토록 싫어하던 산적 짓을 그만두게 되었고, 꿈에서조차 도 그리던 무공, 그것도 경세적인 절학을 배웠으며, 잃었던 아내와 아들, 그리고 누이동생까지 되찾게 되었고, 천하에 다시없을 영웅 설무검의 오른팔로서 무림을 종횡하고 있다. 이 정도면 사내대장부로서 누릴 것은 다 누리고 있다고 생각하는 것이었다.

양연화는 사 년여 동안 기녀 노릇을 하면서 뭇 사내들의 노리개로 전전했었다.

그렇지만 양궁표는 누이동생을 찾은 것만으로도 감지덕지, 그까짓 것은 염두에 두지도 않았다.

한 이삼 년 잘 데리고 있다가 좋은 사내를 만나 여봐란듯이 시집을 보낼 것이라고 남몰래 계획하고 있었다.

그러나 이도저도 안 되면 평생 자신이 데리고 살아도 무방

할 것이라고 생각했다.

양궁표는 식탁을 깨끗하게 비우고는 불룩해진 배를 쓰다
듬으면서 흡족한 표정을 지음으로써 양연화를 더할 수 없이
행복하게 만들어주고 있는 설무검을 존경의 눈빛으로 바라보
았다.

양궁표가 갖고 있는 그 모든 것들은 설무검이 준 것이었다.

육 년 전, 아니, 해를 넘겨 이제 칠 년 전이 됐다. 그때 흑풍
채가 노략질한 다물상단의 물건들 중에서 관 속에 시체처럼
누워 있던 설무검을 양궁표가 발견했던 것은 정말이지 그의
일생일대의 행운이었다.

만약 설무검이 아니었다면, 양궁표는 지금쯤 잘 돼봐야 산
적 무리의 두령쯤 됐을 것이다.

그게 아니면 토벌대에게 자신은 물론 가족들까지 비참한
죽임을 당했거나 노예가 되어 상전의 발가락이나 핥는 신세
가 됐을 것이다.

"자네."

그때 설무검이 자신을 쳐다보고 있는 양궁표를 보면서 약
간 눈을 가늘게 떴다.

"말씀하십시오, 형님."

"연화가 만들어준 요리를 내가 다 먹었다고 지금 나를 원
망하고 있는 것은 아니겠지?"

양연화가 화들짝 놀라서 두 손을 저으며 양궁표 대신 해명하느라 애썼다.

"그렇지 않아요! 예전부터 오라버님은 제가 만든 요리보다 새언니가 만든 요리를 더 좋아했었거든요!"

그런데 양궁표가 뜬금없이 정색을 했다.

"그렇지 않단다, 연화야."

"네? 무슨 말씀을……."

"사실 나는 네 언니가 만든 것보다 네 요리를 더 좋아했었단다. 단지 그 당시에는 언니가 섭섭해할까 봐 표현을 할 수 없었을 뿐이지."

"그… 랬었나요?"

양연화는 눈을 동그랗게 떴다.

"정말 모처럼만에 네가 만든 맛있는 요리를 배불리 먹어보나 기대를 했더니만, 형님께서 다 드시는 바람에 실망이 이만저만이 아니로구나."

그가 워낙 심각한 표정을 짓는 터라 순진한 양연화는 더럭 미안한 표정을 지었다.

"오라버님……."

그때 설부검이 껄껄 웃었다.

"하하하! 궁표!"

"네, 형님."

"나중에 제수씨를 만나거든 방금 자네가 했던 말을 그대로 전해줄까 생각하는데, 자네 생각은 어떤가?"

"어이쿠! 형님! 제발 그러지 마십시오!"

양궁표는 짐짓 죽는 시늉을 하며 너스레를 떨면서도 가슴속은 한없이 부풀어 지금 당장 죽어도 소원이 없을 만큼 기쁘고도 기뻤다.

그가 설무검을 모시고 칠 년여를 지내면서도, 그가 지금처럼 농을 하는 것은 처음 보았다. 그가 보기에 설무검은 진심으로 흡족해하는 것 같아서, 그것이 또한 기쁘기 한량없었다.

"연화."

문득 설무검이 부드러운 얼굴로 양연화를 바라보았다.

양궁표는 그런 설무검을 바라보다가 불현듯 또 한 가지 사실을 깨달았다.

설무검이 예전에는 그 어떤 자리나, 그 누구에게도 보여주지 않았던 부드러운 미소와 따스한 목소리를 양연화에게만은 서슴없이 보여주고 있다는 사실이었다.

"네."

양궁표가 그런 생각을 하면서 설무검의 배려에 더욱 고마워하고 있을 때, 양연화가 설무검에게 공손히 고개를 숙이며 대답했다.

"이것을 받아주겠소?"

설무검이 품속에서 하나의 작고 붉은 비단 주머니를 꺼내 양연화에게 내밀었다.

그의 난데없는 행동에 양연화는 물론 양궁표까지도 적잖이 놀란 표정을 지었다.

"이게… 뭔가요?"

양연화는 받을 생각도 하지 못하고 설무검을 바라보면서 머뭇거렸다.

설무검은 내밀고 있는 팔이 쑥스러운 듯 가볍게 헛기침을 하며 얼버무리듯 말했다.

"험! 길을 가다가 우연히 눈에 띄기에 하나 샀소. 그런데 사고 보니까 마땅히 줄 사람도 없고 해서……."

양궁표는 그가 하는 말을 믿지 않았다. 설무검이 혼자서 길을 갈 리도 없을뿐더러, 설령 그랬다손 쳐도 길거리에서 무언가를 살 그가 아니기 때문이다.

양궁표가 아는 한, 하늘이 두 쪽이 나는 한이 있어도 설무검은 그럴 사람이 아니었다.

돌이켜 생각해 보니까 아까 반호와 오장보, 소련의 일이 좋게 마무리가 된 후에 설무검이 혼자 슬그머니 외출을 하는 것 같았다.

그런데 이제 보니 지금 내밀고 있는 저 물건을 사러 나갔었던 것이 분명한 것 같았다. 양연화를 주려고 일부러 외출을 했던 것이다.

"오늘 저녁 식사에 대한 작은 보답이라고 생각하시오."

설무검이 빙그레 미소를 짓자 양궁표는 다시 한 번 그의 깊은 배려에 가슴이 찡 울렸다.

그렇지만 그는 설무검이 양연화에게 다른 마음을 품고 있으리라고는 눈곱만큼도 생각하지 못했다.

말 그대로 설무검이 태양 같은 존재라면, 양연화는 벌레, 그것도 병든 벌레가 아닌가.

설무검의 말대로 이것은 저녁 식사에 대한 조그만 후의가 분명했다.

이윽고 양궁표는 양연화를 가볍게 꾸짖었다.

"연화야, 어서 받지 않고 무얼 하는 게냐?"

양연화는 깜짝 놀라서 엉겁결에 비단 주머니를 받았다.

그렇지만 너무도 갑작스러운 일이고, 설무검이 선물을 주리라고는 추호도 예상하지 못했던 터라 머릿속이 뒤죽박죽, 가슴이 콩콩 뛰며 아예 제정신이 아니었다.

"받았으면 열어봐야지."

양연화의 그런 모습을 보면서 양궁표는 실소를 금치 못하며 다시 그녀를 깨우쳐 주었다.

양연화는 이끌리듯이 조심스럽게 비단 주머니를 열었다. 그녀의 두 손이 가늘게 떨렸다.

잠시 후에 그녀의 흰 손바닥에는 하나의 수파(首帕:목걸이)가 놓여졌다.

엄지손톱 크기의 굵직한 붉은 보석 홍옥이 매달렸으며, 가느다란 금으로 만든 수많은 고리가 이어져서 줄을 형성하고 있는, 일견하기에도 몹시 고급스러워 보였다. 명문대가의 여자들이나 하고 다니는 귀한 보석이 분명했다.

"이… 이것은……."

양연화는 수파가 뜨거운 불덩이라도 되는 듯 급히 식탁에 내려놓았다.

이처럼 엄청난 보석을 자신의 손바닥 위에 올려놓고 있는 것이 마치 불경을 저지르는 듯한 느낌이 들었던 것이다.

양연화는 평생 그 누구에게도 보석은커녕 싸구려 머리띠나 노리개조차도 선물로 받아본 적이 없었다.

그녀는 설무검이 자신에게 이처럼 엄청난 선물을 했다는 사실이 믿어지지 않았다.

그래서 그가 뭔가 크게 착각을 하고 있는 것이 분명하다는 생각이 들었다.

"형님, 이것은 연화가 하기에는 벅찬 것 같군요."

양궁표가 조심스럽게 입을 열자 양연화는 너무 놀라서 말이 나오지 않는 터라 고개만 끄덕이며 공감을 표했다.

"궁표."

설무검이 양궁표를 보면서 조용히 입을 열었다.

"네, 형님."

양궁표는 설무검에게서 보통 때와는 뭔가 다른 분위기를 느끼고 자세를 똑바로 하며 공손히 대답했다.

설무검은 의자를 약간 틀어서 양궁표를 향해 꼿꼿하게 앉은 채 말문을 열었다.

"자네는 나를 어떻게 생각하나?"

느닷없는 질문에 양궁표는 어떻게 대답해야 좋을지 몰라 적이 당황했다.

"무슨 말씀이신지……."

"형이 아니라 한 명의 사내로서 나를 어떻게 생각하느냐고 묻는 걸세."

"그야……."

양궁표는 일단 운을 떼어놓고는 자세를 더욱 경건하게 고쳐 앉았다.

이런 대답을 앉아서 한다는 것이 설무검에게 불경을 저지르는 것 같았지만 일어서면 더 이상할 것 같아서 앉은 채 최대한 공경한 자세를 취했다.

"형님께선 더 이상 완벽할 수 없는 최고의 남자이십니다."

설무검은 가볍게 한숨을 내쉬면서 빙긋 미소 지었다.

"긴장하지 말고 솔직하게 말해주게."

분위기가 점점 이상하게 흘러가자 양궁표는 어찌할 바를 몰라 당황했다.

그렇지만 그는 원래 상대의 환심을 사기 위해서 비위 같은 것을 맞추지 못한다.

구합취용(苟合取容) 같은 것은 생리적으로 맞지 않기 때문이다. 그것은 상대가 설무검이라고 해도 다르지 않았다.

"소제의 안목으로 봤을 때, 형님께선 흠 잡을 데 없는 완벽한 사내이십니다."

양궁표는 설무검이 왜 갑자기 그런 것을 묻는 것인지 궁금하면서도 긴장이 됐다.

"형님, 소제에게 달리 하명하실 일이라도 있으십니까?"

그래서 그렇게 물을 수밖에 없었다.

설무검은 고개를 가로저었다.

"아닐세. 그보다 부탁이 하나 있네."

"부탁이라뇨. 무엇이든 명령하시면 시행하겠습니다."

"이 사람 참… 명령이 아니라 부탁이래도."

"아! 네… 부탁하십시오."

"연화를 내게 주게."

"……"

양궁표는 방금 그 말을 자신이 필경 잘못 들었을 것이라고 생각했다.

그는 힐끗 양연화를 쳐다보았다. 그녀의 얼굴에 경악지색이 파도처럼 가득 떠올라 있었다.

그래서 양궁표는 방금 그 말이 어쩌면 잘못 들은 것이 아닐지도 모른다는 생각이 들었다.

양연화의 표정으로 미루어 그녀도 같은 말을 들은 것 같았기 때문이다.

그와 양연화가 반쯤은 정신이 나간 듯한 표정으로 설무검을 쳐다보자 그는 자세를 바로 하고 양궁표에게 깍듯하게 고개를 숙이면서 다시 말했다.

"연화를 내 아내로 맞이하고 싶네. 허락해 주게."

비록 아랫사람이지만 예의를 갖추어 고개까지 숙이는 설무검이었다.

"……."

양궁표는 조금 전처럼 아무 말도 하지 못했다.

그는 반사적으로 다시 양연화를 쳐다보았다. 그녀는 안색이 백지장처럼 해쓱해져서 두 눈을 커다랗게 뜬 채 의자에서 반쯤 일어서 있었다.

결코 잘못 들은 것이 아니었다.

양궁표 자신과 양연화가 똑같이 잘못 들을 리가 없고, 두 번씩이나 잘못 들었을 리가 없었다.

설무검이 고개를 들고 여전히 조용한, 그러나 진심 어린 목소리로 말을 이었다.

"나는 흑풍채에 있을 때부터 연화를 좋아했었네. 그때 토벌대에게 당하지만 않았어도, 나는 자네에게 연화와 혼인시켜 달라고 부탁했을 것이네."

"형님……."

양궁표는 쥐어짜내듯 겨우 한마디를 해놓고는 말을 잇지 못하고 설무검을 똑바로 쳐다보았다.

양궁표의 두 눈에 핏발이 곤두섰으며, 이마와 목에 굵은 힘줄이 불끈거렸다.

"이제는 연화를 놓치고 싶지 않네. 그리고 더 늦기 전에 연화를 내 사람으로 만들고 싶네."

조금 전의 말이 양궁표와 양연화의 가슴에 불을 질러놓았다면, 지금의 말은 그 불길을 꺼버렸다.

양궁표는 진정하려고 무진 애를 썼지만 가슴이 떨리고 손발이 부들거리는 것이 쉬이 멈춰지지 않았다.

그는 비로소 설무검이 농담을 하는 것도, 자신이 잘못 들은 것도 아니라는 것을 깨닫게 되었다.

"형님, 고 낭자와 봉황단주는 어찌하시렵니까?"

양궁표가 그렇게 묻는 것도 무리가 아니었다. 고선은 거의 맹목적으로 열렬하게 설무검을 따르고 있다. 그녀에게 있어서 설무검은 운명이고, 또한 신(神)이었다.

만약 설무검이 다른 여자의 남편이 될 것이라는 말을 듣게 된다면, 그녀는 그 충격을 이겨내지 못하고 무슨 짓을 저지를지 모른다.

양궁표는 은자랑에 대해서는 거의 모르고 있다. 그러나 그녀가 설무검이 중천무림의 천주였던 시절부터 그를 사모했으며, 범부의 신분이 된 지금도 그를 사모하는 마음이 변함없다는 사실 정도는 잘 알고 있다.

고선은 다물상단의 대를 잇고, 백두산 천백검문의 장문인이 될 신분이며 누구나 한 번 보는 순간 시선을 떼지 못하는 절색미녀다.

또한 성격이 명랑활달하고 총명하며 매사에 긍정적이고 또 능동적인 성격이다.

그래서 보는 사람마다 찬사를 금하지 못하는 재색겸비의 최고 신부 감이다. 나이 역시 올해 이십사 세로 이십팔 세의 양연화보다 훨씬 젊고 또 순결하다.

사령단주의 장녀이며 봉황단주인 은자랑에 대해서는 더 이상의 설명이 불필요할 것이다.

미색 또한 고선 못지않아서 일찍이 신봉가인(神鳳佳人)이라는 미명을 구주팔황에 떨쳤을 정도가 아닌가.

또한 총명함이나 여자로서 갖추기 힘든 넓은 포용력마저 갖추고 있어서 최고의 여자라고 할 수 있었다.

그 두 명의 여자와 양연화를 비교한다는 자체가 모순이다.

대저 뉘라서 월광과 반딧불을 비교할 것이며, 지란(芝蘭)과 들풀을 견주려고 하겠는가.

"절대 안 됩니다."

양궁표는 자신이 물어놓고 자신이 대답했다. 천 번 만 번을 생각해 봐도 이것은 말도 안 되는 일이었다.

양연화는 여전히 안색이 창백하게 질린 채 설무검을 바라보면서 몸을 바들바들 떨고 있었다.

그때 설무검이 마침내 양궁표의 의견에 쐐기를 박는 말을 꺼냈다.

"그렇다면 자네의 말은, 날더러 좋아하지도 않는 여자와 혼인하라는 말인가?"

"……."

"다시 말하지만, 내가 좋아하는 사람은 연화일세. 그녀가 아니면 안 되네."

"형님……."

그제야 비로소 양궁표는 설무검의 결심이 확고하다는 사실을 깨달았다.

그렇다고 이대로 받아들일 수는 없었다. 그러기에는 양연화가 너무 비천했다.

"하지만 연화는 지난 사 년여 동안 기녀로서……."

그래서 양궁표는 오라비로서 하기 어려운 말을 입에 담을 수밖에 없었다.

순간 양궁표는 설무검의 굵고 짙은 눈썹이 갈매기처럼 꺾이는 것을 발견하고 가슴이 철렁했다.

"궁표. 이후 누구 앞에서든, 아니, 잠꼬대라도 절대 그런 말을 입 밖에 내지 마라."

설무검은 차분한 목소리로 말했다. 하지만 그 뜻은 결코 차분하지 않았다.

양궁표는 가슴이 콱 막히고 무언가 뜨거운 것이 얼굴로 확 몰려 올라오는 것을 느꼈다.

설무검은 양연화를 쳐다보았다. 그의 입가에는 미소가 떠올랐고, 눈빛은 더없이 다정했다.

"연화는 천하의 그 어떤 여자보다 순결하네."

순간 양연화가 탁자에 엎드리며 울음을 터뜨렸다.

"으흐흑!"

그녀의 우는 모습을 물끄러미 쳐다보던 양궁표의 목젖이 울컥거렸고, 두 눈이 시뻘겋게 충혈되었다.

그러더니 그는 마침내 상처 입은 호랑이처럼 커다란 울음을 터뜨리며 왈칵 눈물을 쏟고 말았다.

"으허엉! 형님!"

설무검은 잔잔한 미소를 머금은 표정으로 양궁표와 양연

화 남매를 바라보았다.

양궁표 남매에게 있어서 설무검이 실로 하늘 같은 존재라면, 설무검에게 있어서의 이들 남매는 새로운 목숨, 새 인생을 열어준 은인이었다.

이들 세 사람은 서로가 서로에게 '은혜를 갚고자 하지만 하늘처럼 넓고도 깊어서 갚을 길이 없는[欲報深恩昊天罔極]' 존재인 것이다.

*　　　*　　　*

"으음!"

단해룡은 묵직한 신음을 토해내며 앉아 있는 태사의 팔걸이를 꽉 움켜잡았다.

실내에는 벽을 등지고 네 방향에 네 개의 태사의가 놓여 있었고, 그곳에는 단해룡을 비롯한 네 사람이 깊숙이 몸을 묻은 채 앉아 있었다.

그들은 설란후를 제외한 중천사세의 지존들이었다.

낙성검가 가주 낙성절정검 단해룡.

진천방 방주인 진천패검(震天覇劍) 담제웅(覃帝雄).

혼천도문 문주인 혼원광폭도(混元狂暴刀) 선우종(鮮于鐘).

사해부 총전주 도비륜 하여정이 그들이었다.

담제웅과 선우종을 낙성검가로 부른 것은 단해룡이었다. 하여정의 요구에 의한 것이었다.

그런데 그들이 모두 모인 자리에서 하여정이 남편인 사해무적 관중이 살수에게 암살당했다는 소식을 발표할 줄은 누구도 예상하지 못했었다.

단해룡, 담제웅, 선우종의 놀라움은 컸다.

그들은 항간에 나돌고 있는 소문, 즉 사해무적이 암살당할 것이라는 사실이 현실로 드러날 것이라고는 예상하지 않고 있었던 것이다.

중천오충의 금호방주 형곤을 암살한 배후에 단해룡이 도사리고 있다는 소문을 이곳에 모인 네 사람은 애초부터 믿지 않았었다.

그러므로 이번 관중의 암살 배후가 단해룡일 것이라고는 생각하지 않고 있는 것이다. 그들이 알고 있는 단해룡은 그 정도로 우매한 인물이 아니기 때문이다.

중천오충이 아무리 눈엣가시 같은 존재라고 하더라도, 그들의 우두머리 중에 누구 한 사람을 죽이면 그 즉시 의심을 받을 사람이 중천사세의 지존들. 그중에서도 단해룡일 것이라는 사실은 너무도 자명하다.

또한 중천오충 우두머리 한두 명을 암살한다고 해서, 아니, 그들을 모조리 죽인다고 해도 별반 크게 달라질 것이 없는 상황이었다.

중천오충의 존재 여부를 떠나서 오는 중삼절(中三節:3월3일) 날에 단해룡이 중천무림의 천주에 등극하는 것은 변함이 없는 부동의 사실이기 때문이다.

그 후에 단해룡이 천주의 권한으로 중천오충을 중천십이 지파에서 폐하고 중천무림에서 간단하게 축출해 버리면 그만 인 것이다.

그러면 되는 것을 무엇 때문에 굳이 암살을 해서 애꿎은 누 명을 쓰겠는가.

그것은 오히려 단해룡의 이름에 먹칠을 하는 일이지, 추호 도 득이 되는 일이 아니었다.

그렇지만 세상 사람들의 생각은 그렇지 않았다. 소문이란 늘 나쁜 쪽으로만 형성되는 것이 아닌가.

"시신조차 남아 있지 않았다는 말이오?"

한참 만에야 놀라움을 진정시킨 진천방주 담제웅이 하여 정을 보면서 돌덩이처럼 굳은 얼굴로 입을 열었다.

하여정은 대답 없이 가볍게 고개만 끄덕였다.

"시신이 없다면서 어떻게 관 형인지 알아보았소?"

당연한 질문이다.

하여정은 굳은 표정으로 대답했다.

"육신은 재가 되어 남아 있지 않았지만 머리카락과 치아,

손톱 같은 것들은 그대로 남아 있어서 그것들을 보고 남편이라고 확신했어요."

담제웅은 입을 다물었다. 아내가 남편의 머리카락과 치아, 손톱의 생김새를 모를 리가 없다. 그는 죽은 사람이 관중이 분명하다고 생각했다.

담제웅과 하여정의 문답으로 더 이상 죽은 사람이 관중이냐 아니냐를 놓고 따지는 일은 벌어지지 않았다. 그렇다고 그들의 마음을 짓누르고 있는 것이 걷힌 것은 아니었다.

"음! 살수가 시신을 남겨놓지도 않다니, 정말 잔인하군. 그렇다면 암살한 후에 시신에 화골산(化骨酸)이라도 뿌렸다는 말인가?"

혼천도문주 혼원광폭도 선우종이 미간을 좁히며 무겁게 중얼거렸다.

담제웅이 답답한 표정으로 고개를 가로저었다.

"선우 형, 화골산을 뿌리면 머리카락은 물론 손발톱과 옷까지 모조리 녹아버린다는 사실을 잊으셨소? 화골산은 아니오. 살수는 다른 방법을 사용했을 것이오."

"그렇지만 옷과 머리카락, 손발톱만을 남겨둔 채 육신을 재로 만들어 버리는 수법 같은 것은 들어본 적도 없으니 하는 말이오. 극양지공을 써서 육신을 태워 버렸다면, 머리카락이나 손톱도 타 버려야 하거늘."

선우종은 담제웅보다 더 답답하다는 표정을 지었다.

원래 중천오세의 지존들 중에서 죽은 사해무적 관중의 나이가 가장 많아서 다른 네 지존들에게 연장자의 예우를 받아 왔었다.

관중이 죽은 현재 선우종이 사십오 세로 제일 연장자이고, 그다음이 사십삼 세의 하여정, 삼십팔 세의 담제웅, 삼십오 세의 단해룡의 순서이다.

중천사세, 아니, 설란후까지 포함하여 중천오세 지존들의 나이가 하나같이 젊은 이유가 있다.

과거에 설무검이 중천무림 내에서 젊고 능력 있는 후기지수들을 발굴하여 자신의 최측근으로 발탁했기 때문이었다.

중천오세로 발탁될 당시의 이들의 무공 실력은 기껏해야 일류고수 정도였으며, 자파의 후계자나 중간급 당주 정도의 지위에 불과했었다.

다만 설무검 한 사람에게 몸과 마음을 다하여 충성하겠다는 국궁진췌(鞠躬盡瘁)의 다부진 각오만을 가슴에 가득 품고 있는 정도였다.

그런 그들을 설무검이 몸소 나서서 자파의 지존이 되도록 일일이 손을 써주었다. 또 그들 각자가 무공의 증진을 위하여 전력을 다하도록 물심양면으로 돕고 독려했었다.

그뿐 아니라 그들이 이끄는 다섯 방, 문파를 이른바 '중천오세'로 격상시켜 주었다. 게다가 세력을 넓히고 뛰어난 고수들을 영입하게끔 여러모로 배려와 은전을 아끼지 않았었다.

다시 말해서, 음지에서 웅크린 채 꿈만 키우고 있던 병아리 같은 그들을 중천오세의 지존이라는 일인지하만인지상(一人之下萬人之上)의 용봉의 신분으로 탈태환골시켜 준 은인이 설무검인 것이다.

"살명계에 관 형을 암살할 만한 살수가 존재하다니… 믿을 수가 없군."

선우종이 고개를 절레절레 저으며 중얼거렸다.

"당금 무림에서 가장 뛰어나다는 세 명의 살수 혈살신조라고 해도 관 형을 암살하지는 못할 것이오."

"금호도패왕 형곤을 암살한 옥룡살귀가 추가되어 혈살신조는 네 명이 됐어요."

하여정이 선우종을 일깨워 주었지만, 지금 상황에서는 의미 없는 일깨움이었다.

담제웅이 앉은 자리에서 몸을 움쩍거려 자세를 고쳐 앉으면서 토를 달았다.

"누가 관 형을 암살했는지도 중요하지만, 배후에 누가 있느냐는 사실이 더욱 중요하오."

모두들 침묵으로 그의 말에 동의했다.

"천추혈의맹 짓인가?"

선우종이 혼잣말처럼 나직이 중얼거렸다.

"그들 중 놈이나 도사 놈들 중에서 용담호혈(龍潭虎穴) 같은 사해부에 귀신처럼 잠입해서 관 형을 암살하고 나올 정도의 고수는 없소이다."

담제웅이 단정하는 듯한 말투로 선우종의 추측의 싹을 아예 잘라 버렸다.

이쯤에서 한 가지 주목할 만한 일이 있다. 구파일방이 삼천무림을 붕괴시키고 예전의 구파일방이 무림을 이끌었던 소위 '구파일방지세(九派一幫之世)'라고 자신들끼리 명명한 그 시절로 환원시키려는 일념을 품고 발족시킨, 소위 '천추혈의맹'의 존재에 대해서 이들 중천사세의 지존들은 이미 훤하게 알고 있다는 사실이었다.

사실 삼천무림과 구파일방은 그 격(格)이 달라도 많이 다를 수밖에 없다.

세 개의 하늘 각자가 거의 하나의 세력으로 똘똘 뭉쳐서 완벽한 통치력을 보이고 있는 삼천무림과 열 개의 제각각인 방, 문파가 우르르 모여서 아침에는 파리 떼가, 저녁에는 모기 떼가 시끄럽게 모였다가 흩어짐을 반복하는 것처럼 조승모문(朝蠅暮蚊), 중구닌방인 천추혈의맹의 짜임새와 단합을 비교할 수는 없는 것이다.

천추혈의맹은 삼천무림을 붕괴시키려고 노력하기 전에,

먼저 자파에 잠입해 있는 세작들을 처리했어야만 했다.

속이원장(屬耳垣牆)이라고, 담 속에도 듣는 귀가 있는 법인데, 중천절 설무검이 사라졌다고 해서 중천무림을 너무 만만하게 본 것이다.

단해룡은 태사의 팔걸이에 팔꿈치를 얹고 손으로 턱과 뺨을 괸 채 잔뜩 찌푸린 얼굴을 하고 있었다.

생각을 하는 체가 아니라 정말 깊은 생각에 잠겨 있었다. 그런데 생각이 잘 이어지지가 않았다.

어떤 한 가지가 퍼뜩 떠올라서 그것에 대해 골똘히 생각할라치면, 잠시 진행되다가 어느 순간 너무 복잡해져서 뚝 끊어져 버렸다.

그것은 잔잔한 호수의 수면에 돌을 던졌을 때, 처음에는 하나의 파문이었다가 순식간에 수많은 파문으로 확대되는 것과 비슷했다.

생각하기를 즐겨하지 않고, 감정이 이끄는 대로 결정을 내린 다음에 생각하는 체만 즐겨하던 그가 이런 상황에서는 결국 자신의 함정에 빠져 버리고 만 것이다.

번쩍이면서 떠오르는 것은 많은데, 그것을 생각으로 이으려고 하면 두세 단계를 거치기도 전에 여지없이 썩은 새끼줄처럼 뚝뚝 끊어져 버리고 말았다.

그래서 단해룡은 지금 이 순간 장도명이라는 존재가 너무도 아쉬웠다.

만약 그가 이 자리에 있었다면, 자신이 운을 띄우기만 하면 그것이 무엇이든 속 시원한 결론을 이끌어냈을 것이다.

단해룡은 그만큼 장도명을 신임하고 있었다.

그렇지만 장도명은 대검로와 열 명의 신검사들을 이끌고 금호방주를 죽인 배후 인물을 잡으러 갔다.

그는 배후 인물이 누구냐는 것은 물론이고, 그자가 무엇 때문에 금호방주를 죽였는지 그 이유까지도 밝혀내겠다고 호언장담했었다.

단해룡은 금호방주를 죽인 배후 인물이 사해무적 관중도 죽였을 것이라 단정하고 있었다. 그러므로 장도명이 돌아오기만 하면 모든 것이 원만하게 잘 해결될 터이다.

그리고 단해룡은 방금 전에 한 가지 사실을 떠올렸다. 그것은 생각하고 궁리 끝에 밝혀낸 것이 아니라 한순간 번갯불처럼 퍼뜩 그의 뇌리에 떠오른 것이었다.

"그 수법 말이오."

이윽고 단해룡이 조용히 입을 열었다.

세 사람이 일제히 단해룡을 주시했다.

세 사람의 표정은 그가 어떤 해결책을 제시해 주기를 바라고 있는 듯했다.

단해룡은 세 사람의 시선을 의식하면서 잠시 뜸을 들였다가 다시 입을 열었다.

"관 형이 무슨 수법으로 죽었는지 알 것 같소."

세 사람의 얼굴에 바짝 긴장이 떠올랐다.

"아니, 수법이 아니라 무기요."

단해룡은 다시 고쳐서 말했다.

"무기라니? 대체 어떤 무기가 사람을 재로 만드는 것이 있다는 말이오?"

가장 연장자이면서도 참을성이 없는 사각 얼굴에 다부진 체격의 선우종이 답답하다는 듯 단해룡을 채근했다.

단해룡은 이런 상황에서도 자신을 돋보이기 위한 노력을 게을리 하지 않았다.

그는 세 사람을 충분히 안달이 나게 만들었다는 판단을 내린 후에야 비로소 본론을 말해주었다.

"세 분께서는 혹시 피를 마시는 검에 대한 전설을 들은 적이 있소?"

그러자 담제웅이 생선 가시가 목에 걸린 듯한 표정과 목소리로 내뱉었다.

"혈마룡검!"

그 이름은 주문(呪文) 같은 효력을 지니고 있었다.

그렇기 때문에 '혈마룡검'이라는 이름이 나오는 순간 모두들, 심지어 그것을 말한 당사자인 담제웅마저도 얼음이 된

듯 굳어버렸다.

그리고는 한동안 무덤 속 같은 침묵을 지키면서 조금 전에 하여정이 설명했던 관중의 죽은 모습과 전설이 말하는 혈마룡검의 신비한 능력들이 과연 일치하는지에 대해서 비교하기 시작했다.

일다경쯤의 시각이 흘렀을 때에 비로소 세 사람의 생각과 비교가 끝났다.

그들은 결국 혈마룡검이 관중을 죽였다는 결론을 내려야만 했다.

혈마룡검은 피를 모조리 흡수해 버리므로 머리카락과 손톱, 옷 따위를 남겼을 것이다. 지금으로서는 그렇게밖에 생각할 수가 없었다.

하지만 아무도 먼저 입을 열려고 하지 않았다. 그만큼 혈마룡검이 던져 주는 충격은 큰 것이었다.

"설마……."

하여정이 속으로는 남편이 혈마룡검에 당했을 것이라고 인정하면서, 입으로는 아닐 것이라고 막 입을 열려는데 담제웅이 말을 잘랐다.

"혈마룡검이 분명한 것 같소."

"그것은 그냥 전설이 아니었던가?"

이번에는 선우종이 뺨을 씰룩이면서 토를 달았다. 부정하는 것이 아니다. 그 역시 이리저리 생각해 보다가 마음속으로는 혈마룡검일 것이라고 이미 결정을 내린 상태다.

다만 전설의 혈마룡검이 현세에 출현하여 사람을, 그것도 중천사세의 네 지존 중 한 명을 죽였다는 사실을 부인하고 싶은 것이었다.

그것을 부인하고 싶은 것은 이곳에 있는 네 사람 모두의 심정이었다.

혈마룡검에게 죽은 사람은 관중이다. 그것은 혈마룡검의 주인이 중천사세의 적이라는 의미이기도 한 것이다.

담제웅이 억눌린 듯한 목소리로 중얼거렸다.

"전설에 의하면, 혈마룡검은 오랜 세월 동안 처절한 원한을 품은 사람의 피를 마시면서 자라야지만 탄생한다던대, 도대체 어떤 자가 혈마룡검을 만들어낼 정도의 지독한 한을 품었다는 말인가?"

그 말끝에 그는 갑자기 안색이 어두워지면서 입가에 씁쓸한 미소가 떠올랐다. 자신이 손목의 힘줄을 잘랐던 칠 년 전 절대자의 모습이 불현듯 생각났기 때문이다.

담제웅의 말을 듣고 사전에 약속이나 했던 것처럼 단해룡과 선우종도 각각 한 사람을 떠올렸다. 그 역시 중천무림의 절대자였다.

선우종은 이중의 보호막에 감싸여 있던 절대자의 단전을

파훼했던 광경을 떠올렸다.

그리고 단해룡은 절대자의 어깨 속에 자신의 애검 청천검의 검신을 찔러넣어 폐와 간, 단전까지 쑤셔박았던 바로 그 일을 회상했다.

'설마……'

담제웅은 마음 한 귀퉁이에서 혹시 혈마룡검의 주인이 설무검이 아닐까, 그래서 관중을 죽인 것은 아닐까 하고 잠시 두려운 마음으로 생각해 보았다.

'아닐 것이다. 그는 죽었거나 폐인이 됐다.'

그렇지만 담제웅은 스스로를 위로하느라 애썼다. 그리고 그의 위로는 다분히 설득력이 있었다. 그는 맹렬하게 부인하느라 자신도 모르게 고개를 세차게 흔들었다.

절대자는 백일취수를 마신 상태에서 오른손 힘줄이 잘라지고, 단전이 파훼됐으며, 몸속에 검신 한 자루가 통째로 찔러 넣어진 채 버려졌다.

그러므로 이미 죽어서 흙이 됐거나 운이 좋아서, 아니, 운이 더럽게 나빠서 목숨을 건졌다고 하더라도 밥숟가락조차 제대로 들지 못할 정도의 폐인이 돼 있어야 마땅했다.

중인은 전설의 혈마룡검의 출현은 어느 정도 인정하지만, 설무검의 부활만큼은 절대 불가능하다고 확신했다.

전설은 가깝고, 인사(人事)는 멀다는 괴리였다.

그만큼 칠 년 전 그들의 배신은 철두철미했었다. 그리고 다시는 떠올리기 싫은 악몽인 것이다.

"그동안 우리는 각고의 노력 끝에 과거 설무검의 무공 수준 이상의 성취를 이루었소."

단해룡이 주위를 환기시키듯 하여정을 보면서 조금은 날카로운 표정으로 입을 열었다.

"그런데 관 형이 그토록 어이없게 암살을 당하다니, 이해하기 어렵소. 부인은 관 형이 잠을 자고 있다가 당했다고 말씀하시지만, 고수는 잠을 자도 고수요."

"그는……."

하여정의 얼굴에 곤혹스러움이 떠올랐다.

단해룡은 그녀가 무엇인가를 감추고 있다고 판단, 틈을 주지 않고 고삐를 바짝 잡아당겼다.

"우리에게 말씀하지 않은 게 무엇이오?"

하여정의 얼굴이 보기 싫게 일그러졌다. 그녀는 죽은 남편의 명예만은 끝까지 지켜주고 싶었지만 힘에 부치는 것을 느꼈다.

"그는… 잠자리에서 여자와 함께 있었어요."

"이런, 맙소사! 관 형이 정사를 하다가 암살을 당했다니 믿어지지 않는 일이오!"

선우종이 어이없다는 듯 낮게 소리쳤다.

단해룡은 과연 관중이 암살을 당할 정도로 우둔했다는 결론을 내렸다. 그래서 이 소득도 없이 무의미하기만 한 대화를 이쯤에서 끝내야겠다고 생각했다.

그는 일어나서 두 팔을 벌려 보이며 어수선한 좌중을 가라앉히는 동작을 해 보였다.

이어서 하여정을 보며 진중한 표정으로 당부했다.

"형수님, 관 형의 죽음은 당분간 비밀에 붙여주시오. 사해부 내에서도 모르고 있어야 하오."

금호방주가 암살됐을 때처럼 또다시 해괴망측한 소문이 나돌게 될 것을 사전에 방지하자는 것이다.

"알겠어요."

그녀는 남편을 잃은 부인답지 않은 담담한 표정으로 고개를 끄덕였다.

"그리고 모두들 혹시 있을지 모르는 암살에 대비하여 그동안 심혈을 기울여서 육성한 최고정예들로 하여금 신변을 호위하도록 하시오."

"알겠소."

"그러리다."

담제웅과 선우종이 고개를 끄덕였다.

"저… 가주."

그때 하여정이 조심스럽게 단해룡을 불렀다.

“말씀하시오, 형수.”

하여정은 꿀꺽 침을 삼키며 용기를 냈다.

“본 부의 후계 문제인데요. 아들 보(甫)를 다음 대 부주로 삼으면 어떨까 하는데… 허락해 주세요.”

중천사세의 하나인 사해부가 지존의 승계 문제를 단해룡에게 품신하고 허락을 구하고 있다.

단해룡은 하여정 덕분에 더없이 기분이 좋았다.

그래서 자신의 위상을 높여준 하여정에게 무언가 보답을 해야겠다고 생각했다.

“보가 올해 몇 살이오?”

“스물한 살이에요.”

“너무 어리군.”

단해룡이 곤란하다는 듯 턱을 쓰다듬자 하여정의 얼굴에 불안감이 떠올랐다.

단해룡은 초조함이 가득 떠오른 하여정을 쳐다보며 엷은 미소를 지었다.

“형수께서 부주에 오르도록 하시오. 그만한 능력은 충분하다고 생각하오.”

“가, 가주…….”

하여정의 얼굴에 떠올랐던 초조함이 썰물처럼 사라지며 환희로 바뀌었다.

다음 순간 그녀는 담제웅과 선우종이 놀랄 정도로 커다란 탄성을 터뜨리듯 외쳤다.

"가주께 충성을 다하겠어요!"

단해룡은 이미 천주의 권좌에 앉아 있는 듯한 기분을 만끽하고 있었다.

이제 자신의 최측근인 세 사람에게 마지막으로 천주의 자비와 권능을 보여줄 때였다.

그는 느긋한 미소를 지으면서 입을 열었다.

"금호방주와 관 형의 암살 사건은 내게 맡겨주시오. 조만간 모든 전모를 밝혀 세 분에게 보여주겠소."

그가 철석같이 믿고 있는 것은 장도명이었다.

第六十九章
군림결사위(君臨決死衛)

한 사내가 낙양성 태평로에 위치한 동방객잔에 들어섰다.

무척 먼 길을 왔는지 온몸에 흙먼지가 뽀얗게 앉았으며, 몹시 지친 기색이었다.

그렇지만 그는 동방객잔에 들어서기 전에도, 들어서고 나서도 주위를 살피는 일을 쉬지 않았다.

그의 눈빛은 단공로(鍛工爐:화로)에서 방금 꺼낸 시뻘건 칼날처럼 날카로웠다.

그는 점소이에게 간단히 먹을 것을 주문하면서도, 요리를 기다리는 동안에도, 계탕면 한 그릇을 먹는 동안에도 주위를 살피는 것을 게을리 하지 않았다.

사내는 키가 크고 잘 발달된 몸을 갖고 있으며, 어깨에는 한 자루 검을 메고 있었다.

"방 하나 주게."

사내는 빈 그릇을 치우러 온 점소이에게 오랫동안 말을 하지 않아서 잠겨 있는 목소리로 조용히 말하면서도 주위를 두리번거렸다.

동방객잔은 주루와 객잔을 겸하고 있다.

객방은 하룻밤에 은자 오십 냥을 지불해야 하는 최고급에서부터 각전 몇 푼으로 잘 수 있는 최하급의 객방까지 고루 갖추고 있다.

"어떤 방을 원하십니까?"

"잠만 잘 수 있는 방이면 되네."

점소이의 물음에 사내는 품속에서 은자 한 냥을 꺼내 내밀면서 말했다.

사내는 은자 한 냥짜리 꽤 쓸 만한 객방을 얻어놓은 후 거리로 나섰다.

거리에 나서기도 전에 그의 눈은 이미 주위를 두리번거리고 있었다.

낯선 타향에 왔기 때문에 풍물 따위를 구경하려는 것이 아니다. 그의 시선은 오직 사람들의 얼굴만 하나하나 세밀하게 훑고 있었다.

그는 사람을 찾으러 수천 리 먼 길을 달려왔다. 그 사람을 찾기 전에는 자신이 왔던 곳으로 결코 돌아가지 않을 각오였다.

그의 이름은 곽정이다.

그리고 그가 찾으려는 사람은 설영이었다.

"형님, 음양생사신 부부가 되도록 빨리 뵙고 싶다는 연락을 해왔습니다."

양궁표의 말에 설무검은 고개를 끄덕였다.

"잠시 후에 가도록 하지."

"알겠습니다."

설무검은 열하성 경붕현에 개파한 칠의문(七義門)에서 데리고 온 제자들의 보고를 듣고 있는 중이었다.

그들 다섯 명의 제자는 칠의문에서 뽑은 이백 명 중에서 가장 젊으면서도 실력이 출중했다.

또한 칠의문에서 북두신공과 초일검류의 기초를 배웠는데, 이곳에 온 이후로는 염탕과 오장보에게 집중적으로 특수 개인 지도를 받아 북두신공과 초일검류를 본격적으로 연마하고 있는 중이었다.

그들 다섯 명은 칠의문에 입문하기 전부터도 수 년에서 십여 년 동안 무공을 배운 적이 있었기 때문에 무공의 진전도가 매우 빨라서 지금은 어엿한 일류고수 정도의 실력을 지니게 되었다.

"틀림없을 것입니다. 이문주(二門主)께서 직접 확인하셨다고 말씀하셨습니다."

이문주란 단랑을 가리킨다.

칠의문 문주는 양궁표고, 단랑이 이문주, 염탕이 삼문주, 반호가 사문주, 오장보가 오문주다.

문하 제자가 고작 이백 명뿐인 문파에 문주가 그리 많은 데에는 그럴 만한 이유가 있다.

형제는 콩 한 쪽도 나누어 먹어야 한다는 양궁표의 굳센 지론 때문이었다.

단랑은 칠의문의 다섯 제자 중 두 명을 데리고 설란궁을 감시하러 갔었다.

그런데 돌아오는 길에 은자랑에게 잠시 들렀다 오라는 설무검의 명령을 받고 그녀가 머물고 있는 지란루에 가는 바람에 그녀와 동행했던 두 제자만 동방객잔으로 돌아와서 설무검에게 직접 보고를 하고 있는 중이었다.

방금 보고한 제자는 사마윤(司馬崙)이라고 하며, 이십칠 세의 당당한 청년으로 초일검류 삼초식 중에서 일초식 비탄류(飛彈流)와 이초식 천궁류(天弓流)를 팔성까지 터득한 준재(俊

才)다.

"이문주가 직접 확인했다는 게냐?"

설무검의 확인에 사마윤은 무릎을 꿇은 채 겨우 고개를 들며 공손히 대답했다.

"이문주께서는 '설란궁 뒤편에 인공으로 만든 가산(假山)이 하나 있는데, 그 아래에 지하 연공실이 있고, 그곳에서 한 사람이 폐관 중이다. 경계가 매우 심한 것으로 미루어 신분이 높은 사람이 분명하다. 그렇지만 설란궁주 설란후는 아니다. 너는 이 사실을 대형께 꼭 보고드려야 한다' 라고 말씀하셨습니다."

설무검은 사마윤과 또 한 명의 제자 표신(標信)의 어깨를 두드리며 고개를 끄덕였다.

"수고했다. 너희는 가서 쉬도록 해라."

낙양성에 데리고 온 다섯 명의 제자들은 두 명씩 돌아가면서 오직 설란궁만을 감시한다.

그리고 고선과 함께 온 천백검문의 제자들은 중천사세를 감시하는 일을 수행하고 있다.

칠의문의 제자 두 명이 설란궁을 감시하는 동안에 나머지 세 명은 설무검 형제들의 거처인 육각거 지하의 연공실에서 땀을 흘리며 무공 연마에 몸을 불사르고 있다.

설무검은 잠시 생각에 잠겼다. 그런데 방금 전까지의 담담한 표정이 아니었다.

그는 단랑이 알아온 사실, 즉 설란궁 가산 속 지하 연공실에 폐관해 있는 인물이 누군지 짐작할 수 있었다.

영원한 사랑을 맹세했던 여인 설란후가 설무검에게 백일취수를 마시게 한 이유가 바로 그것 때문이었으므로.

중천사세의 지존들과는 달리 그녀가 원한 물건은 설무검이 지니고 있던 하나의 물건이었다. 그리고 지금 한 인물이 그 물건을 지닌 채 지하연공실에서 폐관 중에 있는 것이다.

양궁표는 설무검이 언제 일어서려는지 확인하려고 그를 쳐다보다가 흠칫 가볍게 놀랐다.

설무검이 지그시 어금니를 악문 채 창밖의 한곳을 쏘아보고 있는 모습을 발견했기 때문이다.

양궁표의 경험으로는, 그가 그런 섬뜩한 표정을 지을 때는 한 사람을 생각하고 있을 때뿐이다.

그가 지금 쏘아보고 있는 곳 어디쯤엔가 있는 방파.

바로 설란궁이다.

설무검은 흑룡보 여룡단주의 복장을 갖추고 양궁표와 함께 막 동방객잔의 옆문을 나서려다가 다섯 대의 수레가 일렬로 문 앞에 늘어서 있는 광경을 발견했다.

다섯 대의 수레에는 사각의 물건이 가득 실렸으며, 그것이 무엇인지 알아볼 수 없도록 포장이 씌워져 있었다.

마차의 맨 앞에서는 단랑이 생글생글 웃으면서 설무검을 바라보고 있었다.

"다녀왔어요, 대형."

"이 마차들은 뭐냐?"

양궁표의 물음에 단랑이 걸어오며 대답했다.

"봉황단주가 보낸 물건이에요."

"랑아, 형님께선 바쁘시다."

그녀가 즉답하지 않고 말을 빙빙 돌리자 양궁표가 가볍게 꾸짖었다.

양궁표는 누구를, 특히 아우들을 자주 꾸짖는 사람이 아니다.

단랑은 수레를 가볍게 두드렸다.

"하나 내려봐라."

수레를 끌고 온 지란루의 호위무사 두 명이 수레 위로 뛰어올라 포장을 살짝 벗기고 맨 위에 얹혀 있는 검은 철궤 하나를 들어냈다.

철궤는 몹시 무거워 보였다. 호위무사 두 명이 들어 내리는데에도 힘겨워했다.

"어디에 놓을까요?"

호위무사가 묻자 단랑은 태연히 한쪽 팔을 뻗어 손바닥이 위로 가게 펼쳤다.

"여기."

두 명의 호위무사는 잠깐 어이없는 표정을 지었으나 그녀의 요구대로 손바닥 위에 철궤를 올려주었다. 팔이 부러지든 발등이 찍히든 그들이 알 바가 아니었다.

하지만 단랑은 팔이 부러지지도 발등이 찍히지도 않았으며, 태연한 얼굴이었다.

그녀는 손바닥 위에 철궤를 올린 채 팔을 가볍게 움직여 설무검 앞으로 내밀었다.

"열어보세요."

척!

양궁표가 철궤의 뚜껑을 열자 안에서 누런빛이 확 쏟아져 나왔다.

그는 자신의 눈을 의심했다. 커다란 철궤 안에 가득 담겨 있는 것은 번쩍이는 누런 금원보(金元寶)였다.

금원보 하나의 가치는 자그마치 은자 천 냥이다. 그런데 철궤 안에는 그런 금원보가 백여 개 정도 들어 있었다. 그러니까 철궤 하나가 은자 십만 냥이라는 얘기다.

양궁표는 금원보를 잘 알고 있다. 흑풍채에서 부채주 노릇을 할 때 약탈해 온 물건 중에서 아주 가끔 금원보가 발견되기도 했었다.

여간해서는 놀라지 않는 양궁표다. 하지만 지금은 놀라지 않을 수가 없었다. 그는 눈을 커다랗게 뜨고 일렬로 늘어선 다섯 대의 수레를 천천히 쓸어보았다.

철궤의 크기로 미루어 다섯 대의 수레에는 최소한 이백여 개의 철궤가 실려 있을 것이라는 계산이 나왔다. 그것을 은자로 환산하면 얼마나 되는지 양궁표의 머리로는 도무지 계산이 나오지 않았다.

그때 단랑이 입술을 삐쭉거리며 종알거렸다.

"봉황단주가 대형께 의미심장한 말을 전하라고 했어요. 이 수레에 실린 것은 대형이 처리한 일에 대한 정당한 대가라고 하더군요."

오늘 아침에 은자랑이 설무검에게 아무나 사람을 보내달라는 전갈을 해왔기에 단랑을 보냈던 것인데, 금이 가득 실린 수레를 다섯 대씩이나 보낼 줄은 예상하지 못했다.

"무슨 대가?"

양궁표가 의아한 얼굴로 물었으나 단랑은 고개를 가로저었다.

"나도 몰라요. 그 말뿐이었어요."

그리고는 설무검에게 물었다.

"대형, 어떻게 하실 건가요? 수레를 이대로 밖에 세워둘 수는 없을 것 같은데요."

설무검은 단랑이 전한 은자랑의 말뜻을 안다.

다섯 수레에 실린 금원보는 도합 금 오백만 냥일 것이다. 그리고 그것은 남천무림의 천주 남궁장천이 검풍루에 청부한 사해무적 관중의 암살 건에 대한 청부금의 액수와 동일했다.

은자랑의 뜻은, 관중을 죽인 사람은 설무검이니 마땅히 청부금도 설무검의 몫이라는 것이다.

설무검은 가볍게 고개를 끄덕이면서 거리 쪽으로 걸음을 옮기며 단랑에게 명령했다.

"안으로 옮겨라."

날이 어둑어둑해지고 있었다.

어두워지면 사람을 찾는 일은 포기해야만 한다.

곽정은 이제 잡아놓은 객방으로 돌아가야겠다고 생각하고 대로를 걷던 발걸음을 돌렸다.

만약 한효령이 악양 춘예대로에 있는 벽풍장으로 찾아와서 곽정에게 설영의 근황에 대해서 설명해 주지 않았더라면, 곽정은 지금도 벽풍장에서 여동생 곽선랑과 함께 설영의 안위를 걱정하면서 까맣게 가슴을 태우고 있었을 것이다.

한효령은 설영의 일과 금호방주 암살의 배후를 캐느라 강소성 모산파에 다녀오는 등 정신이 없었다.

나중에야 곽정이 걱정을 하고 있을 것이라는 데에 생각이

미처 은자랑과 함께 낙양으로 출발하기 직전에 그에게 설영에 대해서 알려주었다.

그렇다고 곽정에게 자세한 설명은 해줄 수가 없어서, 한효령은 단지 설영이 낙양에 볼일을 보러갔는데 그곳에서 무슨 일이 벌어졌는지 발이 묶여 아직 돌아오지 않고 있다는 정도로만 얘기해 주었다.

자세한 사정을 알지 못한 채 악양을 떠나 낙양까지 단숨에 달려온 곽정은 답답하기가 이를 데 없었다.

실마리도, 단서도 하나 없이 그저 막연하게 낙양에 발이 묶여 있을 설영을 찾아야 하는 것이다.

오늘은 낙양에 도착한 첫날이니 이 정도로 하고, 내일 날이 밝으면 본격적으로 설영을 찾아 나설 생각이다.

어둠 속에서 눈을 깜빡이는 것처럼[暗中瞬目] 헛고생을 하지 않으려면, 여러 사람에게 설영에 대해서 이것저것 탐문을 해야만 할 것이다.

그러자면 밝은 날이어야만 한다. 밤중에 남의 집 문을 두드릴 수도 없고, 거리는 대부분 철시를 하기 때문에 붙잡고 물어볼 만한 사람이 없었다.

'반드시 소가주를 찾고야 말겠다!'

곽정은 다시 한 번 각오를 다지면서 이를 악물며 주먹을 불끈 쥐었다.

그는 세상천지에 설영과 자신, 그리고 여동생 곽선랑 세 사람뿐이라 생각하고 있다.

설영이 지금쯤 어디에서 험한 꼴을 당하고 있지는 않을까 상상을 할라치면 잠도 오지 않고 밥이 목으로 넘어가지도 않았다.

그때였다.

'저 사람은?

곽정의 시선이 대로 맞은편에서 빠른 걸음으로 걸어오고 있는 한 사람의 얼굴에 못 박혔다.

멀리에서 봤을 때에는 긴가민가했는데, 점차 가까이 다가오는 얼굴을 보니 곽정이 처음 보고 퍼뜩 떠올린 그 사람이 틀림없었다.

'저 사람이 아직 살아 있다는 말인가?

그가 놀라움을 삼키면서 속으로 중얼거리고 있을 때, 그 사람은 곽정의 곁을 스치듯이 지나쳤다.

곽정은 그 사람을 알지만, 그 사람은 곽정을 모른다.

'틀림없다! 그들 중에 한 명이다!'

곽정은 즉시 멈춰 뒤돌아서 멀어지는 그 사람을 주시하며 내심 소리쳤다.

곽정은 그 사람의 이름은 물론, 과거 어디에 속해 있었는지도 잘 알고 있다.

그때 멀어지던 그 사람이 힐끗 뒤돌아보았다.

순간 곽정은 재빨리 몸을 돌려서 가던 길을 가는 체했다.

이어서 사람들 속에 섞여 들었다가 슬쩍 몸을 돌려 조금 전의 그 사람을 미행하기 시작했다.

그를 미행하는 이유는 단순했다. 낙양에서 발이 묶였다는 설영과 그 사람을 조심스럽게 연결해 본 것이다.

그것은 충분히 가능한 일이었다.

이각 후.

곽정은 대로변 골목 어귀 안쪽에 몸을 숨기고 눈만 내놓은 채 저만치에 있는 어느 대방파의 거대한 전문을 뚫어지게 주시하고 있었다.

그의 시선이 전문 위 커다란 현판으로 향했다. 그곳에는 용사비등한 세 글자가 적혀 있었다.

음양문(陰陽門).

'음양문이라면 중천십이지파, 아니, 중천오충의 하나가 아닌가? 그런데 왜 그 사람이 저곳으로 들어간 것이지?'

곽정은 고개를 갸웃거렸다.

중천무림에 대한 소문은 천하에 파다하게 퍼져 있는 상태였으므로 곽정이 수천 리 떨어진 악양에서 살고 있다고 해서 중천십이지파가 중천오충과 중천칠지파로 나뉘어졌다는 사실을 모를 리가 없었다.

그는 눈도 깜빡이지 않은 채 음양문 전문을 주시하면서 나름대로 생각을 해보았다.

우선 가장 단순한 방법, 즉 자신이 미행하던 사람과 음양문, 그리고 설영을 차례로 연결해 보았다.

그러자 곧바로 어떤 가능성이 나왔다. 다른 것은 생각하지 않아도 될 것 같았다.

'어쩌면, 음양문에 소가주께서 계실지도 모르겠군!'

설영은 중천군림성의 소가주라는 신분이다.

또한 음양문은 아직도 중천절 설무검에 대한 충절을 꺾지 않고 있는 중천오충의 하나다. 그리고 곽정이 미행하던 사람은 과거 중천군림성의 정예고수 중 한 명이었다.

그러므로 설영이 음양문에 머물고 있을지도 모른다는 곽정의 추측이 전혀 근거가 없는 것은 아니었다.

저 안에 설영이 있을지도 모른다는 생각을 하자 곽정은 갑자기 가슴이 설레었다.

하지만 자신의 눈으로 직접 설영의 모습을 확인하는 것이 중요했다.

음양문의 뒷담을 넘은 곽정은 자신이 미행하던 사람을 찾기 위해서 이리저리 헤매고 다녔다.

하지만 어디로 사라졌는지 찾을 수가 없어서 미로처럼 얽혀 있는 음양문의 수십 채 전각들 사이를 쳇바퀴 돌듯 맴돌기를 반복하고 있었다.

그나마 다행스러운 것은 음양문 내의 경계가 그다지 심하지 않았고, 곽정이 일류고수의 수준이었으므로 별 어려움 없이 돌아다닐 수 있다는 사실이었다.

음양생사신의 집무실 안.

단상의 태사의에 여룡단주 복장의 설무검이 늠연한 자세로 앉아 있다.

그의 뒤에는 양궁표가 서 있으며, 단하 오른편에는 음양생사신 부부가 나란히 서 있었다.

"속하 부부가 천주께 몇 사람을 소개할까 하는데 허락해 주시겠어요?"

음금생신 난정이 고혹적인 자태로 공손히 입을 열었다.

기껏 사람을 소개시켜 주는 일로 자신을 오라고 한 것에 대해서 불쾌하게 생각할 만도 한데, 설무검은 개의치 않고 담담히 고개를 끄덕였다.

난정은 남편 양슬사신 부량의 등을 떠밀었다.

"당신은 어서 그들을 데려오세요."

부량은 설무검에게 허리를 굽힌 후 총총히 실내를 나갔다.

한방에 일곱 명의 사내들과 여자가 모여 있었다.

그들은 한결같이 모두 삼십대 초반에서 사십대 초반까지의 훤칠한 청장년이었다.

그리고 한 명뿐인 여자를 제외하고는, 나머지 여섯 명은 마치 키나 체격을 엄밀하게 심사해서 뽑아놓은 것처럼 체구가 비슷비슷했다.

그들은 매우 오랜만에 만났기 때문에 서로의 안부를 묻는가 하면, 요즘 중천무림의 돌아가는 정세 따위를 두런두런 얘기하고 있었다.

그리고 그들 중에는 불과 일각 전에 곽정이 미행했던 사람도 끼어 있었다.

"그런데 음양생사신이 무엇 때문에 우리를 모두 모이게 한 것인지 아는 사람이 있는가?"

그때 삼십대 후반의 장한이 약간 언성을 높여서 모두에게 물었다.

새카맣고 짙은 눈썹에 두툼한 코, 굵직굵직한 이목구비를 지닌 그의 외모는 영락없는 호걸의 모습이었다.

그의 말에 여섯 명의 대화가 한순간에 뚝 끊어졌다.

이어서 그들은 서로의 얼굴을 쳐다보면서 고개를 설레설레 내저었다.

"음양생사신 부부가 시시한 일로 우릴 모이게 하지는 않았을 거예요."

홍일점인 삼십이삼 세가량의 청의 경장녀가 귀밑머리를 귀 너머로 쓸어 넘기면서 입을 열었다.

조금 전에 모두에게 물었던 사람, 즉 여기 모여 있는 일곱 사람의 우두머리인 금록(昑祿)이 가볍게 턱을 주억거리면서 중얼거렸다.

"그렇기야 하겠지."

"그건 그렇고, 중삼절이 이십여 일 남짓 남았는데 이대로 보고만 있어야 하는 거야?"

청의 경장녀 청랑(青朗)이 중인을 돌아보면서 딱히 누구에게랄 것도 없이 날 선 표정으로 따지듯 물었다.

그녀는 우두머리인 금록을 제외한 여섯 명에게는 나이의 고하를 막론하고 하대를 하는 버릇이 있다.

그녀의 힐문에 아무도 입을 여는 사람이 없었다.

보통 체구의 여자들보다 머리 하나는 더 크고, 눈이 유난히 까만 청랑은 두 손을 가느다란 허리에 얹고 다시 사람들을 둘러보며 당찬 표정으로 말했다.

"이렇게 된 판국에 우리 일곱 명이 결사대를 조직해서 낙성검가에 잠입, 생사불문하고 단해룡을 암살이라도 해야 하는 거 아냐?"

역시 아무도 반응을 보이지 않았다.

그녀의 말은 백 번 천 번 옳았다.

하지만 그렇게 하는 것은 이란격석. 단해룡 근처에는 가보지도 못하고 모두 허무하게 죽을 것이라는 사실을 너무도 잘 알고 있었다.

"모두들 잊었어? 천주께서 우리를 얼마나 각별히 아끼셨으며, 아무것도 아니었던 우리를 선발하여 얼마나 빛나는 존재로 만들어주셨는지를?"

청랑은 억울하고 답답하다는 듯 작은 주먹을 움켜쥐고 흔들면서 열변을 토했다.

"단해룡을 비롯한 중천오세의 지존들이 천주를 배신하고 독살한 것이 분명하다는 사실은 모두들 인정하잖아! 그런데 왜 복수를 해야 한다는 말만 나오면 꿀 먹은 벙어리가 되는 거지? 응? 입이 있으면 뭐라고 말을 해봐!"

그녀는 아무도 대꾸조차 하지 않는 것이 더 화가 나서 견딜 수가 없었다.

"단해룡을 죽일 용기가 없으면 모두들 나가서 혀를 깨물고 죽어버려라! 그렇게라도 죽어서 지하에서 피눈물을 흘리고 계시는 천주께 용서를 빌어!"

그녀의 말은 일곱 자루의 칼날이 되어 여섯 명과 자신의 가슴을 찔렀다.

그때 방문이 열리고 양슬사신 부량이 들어섰다.

"뭐가 이리도 시끄러운가?"

"당신도 마찬가지야! 중삼절이면 음양문도 쭉정이 신세가 될 텐데 어째서 가만히 있는 거야? 당신 부부는 누구보다도 천주께 큰 은혜를 입었잖아!"

급기야 불똥이 부량에게 튀었다.

청랑은 음양문주라고 해서 예의를 갖춘다든가 봐주는 여자, 아니, 여걸이 아니었다.

과거 이들 일곱 명은 중천오세조차도 안중에 두지 않을 만큼 대단한 위세를 떨쳤었다.

"자네들, 날 따라오게."

부량은 청랑의 말을 귓등으로 흘리고는 방문을 열고 나가려고 했다.

"그전에 우리를 왜 부른 것인지나 말해봐, 당신!"

청랑은 아직 화가 식지 않아서 씨근거리며 부량 앞에 다가서며 날 선 목소리로 다그쳤다.

그러나 부량은 예의 부드럽게 미소 띤 얼굴을 잃지 않고 그녀를 달랬다.

"날 따라오면 그 이유를 알게 될 걸세."

그 말에 청랑은 우두머리 금록을 바라보았고, 다른 다섯 명도 일제히 그를 쳐다보았다. 그가 허락해야지만 움직일 수 있기 때문이었다.

"시답지 않은 일로 우릴 모이게 한 것이면 각오해야 될 게요, 문주."

금록이 일어서자 모두들 그를 따라 방을 나섰다.

부량은 대꾸하지 않았다.

다만 의미심장한 미소를 머금은 채 그들을 안내하여 자신의 집무실로 향했다.

저벅저벅.

부량이 앞서고 일곱 명이 삼층의 낭하 바닥을 울리면서 일렬로 뒤따랐다.

절도 있는 걸음걸이, 허리를 꼿꼿하게 펴고 어깨를 활짝 열어젖힌 당당한 자세, 좌우를 두리번거리지 않고 전면만을 주시하는 그들의 모습은 불과 일곱 명이지만 흡사 천군만마처럼 위풍당당했다.

앞장서서 걷는 부량도 제법 키가 큰 축에 속하는데, 청랑을 제외한 여섯 명은 그보다 머리 하나는 더 컸고, 키가 비슷비슷했다.

그리고 그들 일곱 명은 모두 어깨에 검을 메고 있었다.

그런데 그들의 검파는 하나같이 검은 천으로 칭칭 싸매져 있었다.

검파뿐만 아니라 검신에 그들의 과거 신분을 나타내는 문양이 새겨져 있기 때문이었다.

척!

부량이 집무실 문을 열고 안으로 들어서자 일곱 명은 거침없이 그 뒤를 따랐다.

그러나 그들 일곱 명은 각자 전면과 좌우, 배후 등을 날카롭게 경계하면서 들어서고 있었다.

한 방향을 두 명이 중복해서 보는 일은 없었고, 놓친 방위도 없었다.

그것은 오랜 세월 함께 수련을 하여 손발이 맞는 사람들끼리만 가능한 일이었다.

"데려왔습니다."

부량은 단상 태사의에 앉은 설무검을 향해 공손히 허리를 굽힌 후 난정 옆으로 가서 섰다.

금록과 청랑 등 일곱 명은 태사의를 향해 일렬횡대로 당당하게 늘어선 채 설무검을 쳐다보았다.

양궁표는 일곱 명이 실내로 들어서는 순간 설무검의 어깨가 가볍게 움찔하는 것을 발견했다.

그로 미루어 설무검이 일곱 명을 알고 있으며, 예전에 밀접한 관계였을 것이라고 짐작했다.

일곱 명은 늘어선 채 설무검을 주시했다. 그들로서는 생전 처음 보는 인물이었다. 더구나 상대는 흑룡보를 상징하는 흑룡이 수놓아진 문양의 복장을 하고 있었다.

또한 그들은 저 복장이 흑룡보 하급 지위의 인물이 입는 것이라 알고 있었다.

실내에 고요한 정적이 흘렀다.

아무도 입을 열지 않았다.

난정과 부량 부부는 곧 벌어질 광경을 예상하는지 벌써부터 흐뭇한 미소를 짓고 있었다.

부량은 따라오기만 하면 그들을 왜 음양문으로 모이라고 했는지 알 것이라고 말했었다.

그렇지만 음양생사신 부부는 가타부타 아무 말도 하지 않고 있었다.

금록 등 일곱 명은 한 가지 의문이 생겼다. 음양문의 문주는 음양생사신 부부인데 어째서 그들이 자신의 자리를 타인에게 내주었느냐는 것이었다.

더구나 깐깐하기로 정평이 난 음양생사신 부부가 말이다.

그러나 그런 것은 어쨌든 상관이 없다.

문제는 금록을 비롯한 일곱 명의 인내심이 그리 길지 않다는 사실이었다.

"문주, 우리는 그만 가봐야겠소."

모두들 불쾌함 때문에 얼굴이 씰룩거리며 좀이 쑤시려고 할 때, 마침내 금록이 부량에게 선언하듯 말했다.

“불경을 삼가게.”

부량이 엄숙하게 꾸짖었다.

“불경?”

일곱 사람에게 있어서 ‘불경’ 이란 오직 한 분에게만 적용이 되는 말이다.

그들이 막 발작하려고 할 때, 이윽고 설무검이 나직한 목소리로 말문을 열었다.

“바람을 타고 물결을 깨뜨리며 나아갈 때가 오면[長風破浪會有時].”

말의 내용처럼, ‘바람을 타고 물결을 깨뜨리는 듯한’ 잔잔하면서도 위엄 있는 목소리였다.

순간 죽음 같은 정적이 실내를 휩쓸었다.

금록을 비롯한 일곱 명은 혼비백산한 표정으로 일제히 태사의의 설무검을 쳐다보았다. 그리고 한없는 기쁨과 존경, 격동이 파도처럼 그들의 얼굴을 휩쓸었다.

넓은 챙에 가려져 있는 저 사람의 얼굴을 알아볼 수 없으면 어떠랴. 또한 그가 흑룡보 수하의 복장을 하고 있으면 어떤가.

방금 들은 그 목소리는 죽어서 땅에 묻혀서라도 잊지 못할 그분의 목소리인 것을.

이 넓은 천하에 방금처럼 저토록 늠름한 기세로 자신들만의 구호를 선창해 줄 분은 오직 한 분뿐인 것을.

금록을 비롯한 일곱 사람은 설무검을 주시하면서 온몸을 태풍에 흔들리는 풀잎처럼 격렬하게 떨어댔다.

그리고 그들의 눈에서 빗줄기 같은 눈물이 쏟아져 내렸고, 격동으로 어깨를 들먹이며 두 주먹을 움켜쥐었다.

그때 부량과 난정이 걸어 와 일곱 명과 나란히 섰다.

다음 순간 그들 아홉 명은 일제히 설무검을 향해 그 자리에 무릎을 꿇고 엎드려 부복하면서 천지가 떠날 만큼 큰소리로 외쳤다.

"높은 돛 바로 달고 창해를 건너리라[直掛雲帆濟滄海]!"

설무검이 천천히 일어나 단하로 걸어 내려와 부복해 있는 아홉 명 앞에 멈춰 섰다.

이어서 조용한 목소리로 한 사람씩 이름을 불렀다.

"금록, 화영(華英), 소도천(蘇滔天), 청랑, 진명군(秦明君), 함웅(咸雄), 백무평(白茂萍), 부량, 난정."

자신의 이름이 호명될 때마다 그들은 번갯불에 맞은 듯 후드득 몸을 떨었다.

"일어나라."

설무검의 말은 그냥 말이 아니라 천명이다.

아홉 사람은 그 즉시 일어섰다.

그러나 마음처럼 꼿꼿하게 일어서지 못하고 충격 때문에

비틀거리면서 일어났다.

아홉 사람은 챙 넓은 모자를 쓰고 있는 설무검을 보면서 펑펑 눈물을 흘렸다.

이미 설무검을 알고 있는 부량과 난정마저도 지금의 감동을 이기지 못하고 눈물을 흘렸다.

이윽고 설무검이 천천히 모자를 벗었다.

그리고 모진 풍파를 이겨낸 강파르고 억센 사내의 얼굴이 드러났다.

금록 등 일곱 명은 설무검의 얼굴을 한눈에 알아보았다.

그들은 과거 칠 년여 전에 설무검을 최측근에서 호위했던 인물들이었다.

군림결사위.

전체 이십 명 중에 살아남은 일곱 명의 모진 목숨이 바로 그들이었다.

설무검이 빙그레 미소를 지었다.

"너희들, 살아 있었구나."

모두의 얼굴이 눈물범벅이 됐고, 극도의 격동으로 얼굴이 붉게 상기되어 콧물까지 흘렸지만 개의치 않았다.

설무검의 부드러운 한마디는 그들이 모진 고난과 수모를 이겨내고 지금껏 살아 있었던 것을 너무도 자랑스럽도록 느끼게 해주었다.

순간 금록 등 일곱 명은 또다시 부복하며 흐느낌에 겨운 외침을 터뜨렸다.

"천주시여! 속하들의 인사를 받으소서!"

설무검은 그들 한 사람 한 사람을 일일이 손을 잡고 일으켜 주었다.

그것은 과거에는 없었던 일이다. 꿈조차 꿀 수 없었던 일인 것이다.

─바람을 타고 물결을 깨트리며 나갈 때가 오면, 높은 돛 바로 달고 창해를 건너리라[長風破浪會有時 直掛雲帆濟滄海].

第七十章

ㄱㄹㄱ검(僅僅劍)

곽정은 자신이 미행했던 사람을 끝내 음양문 내에서 찾아내지 못하고 그곳을 빠져나와야만 했다.

그러나 동방객잔으로 돌아가지 않고 음양문 전문이 잘 보이는 대로변의 골목 어귀에서 미행했던 사람이 나오기를 기다리고 있었다.

그렇게 한 시진쯤 기다려 밤이 한층 깊어갈 무렵, 이윽고 전문 옆 작은 문이 열리면서 한 무리의 사람들이 나서고 있는 것이 보였다.

챙이 넓은 모자를 쓰고, 흑룡이 수놓아진 옷을 입은 키가 크고 체격이 좋은 인물을 위시해서 여덟 명의 사내들이 따르고 있었다.

전문 밖으로 나서자 그들은 일사불란한 동작으로 하나의 대열을 형성했다.

챙 넓은 모자를 쓰고 있는 인물을 복판에 두고, 여덟 명이 전후좌우에서 호위하는 형태였다.

그러나 그 광경은 너무도 자연스러워서 다른 사람들이 보기에는 그저 한 무리의 사내들이 무질서하게 우르르 모여서 걸어가는 것 같았다.

곽정은 들키지 않으려고 골목 안쪽에 바짝 몸을 숨긴 채 한쪽 눈만 살짝 내밀어 그들을 쳐다보았다.

혹시 그들 중에 설영이 있지 않을까 해서 자세히 살폈다.

그러다가 그들 중에서 아까 미행을 하다가 음양문에서 놓쳤던 사람을 발견했다.

그런데 그때 곽정의 눈이 약간 커지며 얼굴에 적이 놀라움이 떠올랐다.

그가 아까 미행을 했던 이유는, 그 사람을 예전에 본 적이 있었기 때문이다.

그런데 지금은 안면이 있는 얼굴이 도합 일곱 명이나 되는 것이 아닌가.

가운데 모자를 쓴 인물과 그 뒤를 바짝 따르고 있는 인물,

그렇게 두 명만 처음 보는 인물이었다.

다른 일곱 명은 예전에 자주는 아니더라도 가끔 본 얼굴들이 분명했다.

다름 아닌 중천군림성에서.

곽정은 그들이 점차 가까이 다가오자 급히 몸을 돌리고 골목 안쪽으로 걸어 들어가는 체했다.

잠시 후 몸을 돌리자마자 다시 급히 골목 입구로 달려가서 쳐다보았다. 그들은 골목 앞을 지나 대로 저쪽으로 걸어가고 있었다.

곽정은 그들 중에서 기대했던 설영을 찾지 못해서 약간 맥이 빠졌지만 크게 실망하지는 않았다. 설영은 찾지 못했지만 실마리를 찾았다는 생각 때문이었다.

'군림결사위 고수들이 일곱 명씩이나 살아 있다니, 더구나 함께 몰려 다니고 있으니 정말 놀라운 일이로군.'

곽정은 내심 놀라워하면서도 그들이 어째서 한꺼번에 저렇게 몰려다니는 것인지 이유가 궁금했다.

문득 그는 의아한 표정을 지었다. 조금 전에는 모두 아홉 명이었는데 지금은 여덟 명뿐이었다.

곽정이 잠깐 고개를 돌린 사이에 한 명이 어디론가 사라져버린 것이다.

"너는 누구에게 볼일이 있는 것이냐?"

그 순간 곽정의 등 뒤에서 스쳐 지나는 바람 소리처럼 나직한 목소리가 들려왔다.

놀라는 것도 잠깐.

곽정은 순간적으로 공력을 극한으로 끌어올려 오른손에 집중시켰다.

그와 동시에 번개같이 골목 맞은편 일 장 반 거리로 바람처럼 신형을 날리면서 상대가 가해올지 모르는 급습을 피하며 어깨의 검을 뽑았다.

획!

그도 과거 중천군림성에 속한 한 사람으로서 일류로 분류됐던 고수였다.

더구나 지난 칠 년여 동안 부단히 노력하여 예전보다 무공이 삼 할가량 증진된 상태다.

갑자기 등 뒤에서 들려온 목소리에 놀라기는 했지만, 그 정도로 호락호락하게 당할 곽정이 아닌 것이다.

"……!"

그러나 다음 순간 곽정은 움찔 놀랐다.

어깨의 검이 채 절반도 뽑히지 않은 상태인데, 어느새 한 자루 검이 자신의 목을 향해 일말의 기척도 없이 그어오는 것을 발견한 것이다.

곽정은 이것저것 생각할 겨를도 없이 다급히 상체를 뒤로 활처럼 젖혔다.

쐐액!

허리가 완전히 뒤로 젖혀져 상체를 누인 자세에서 목을 겨냥하고 찔러왔던 검이 그의 코끝을 한 치의 간격으로 아슬아슬하게 스쳐 지나갔다.

허리를 펴는 순간 상대의 두 번째 공격이 가해올 것이고, 그때는 정말 속수무책이 되고 말 것이라는 생각이 곽정의 뇌리를 스쳤다.

곽정은 아직 상대의 얼굴조차 보지 못한 상태였다.

단 한 번의 공격을 받았을 뿐이지만, 곽정은 상대가 자신보다 고수라는 사실을 깨달았다.

그 순간 그의 머리에 한 사람의 모습이 떠올랐다.

아름답고도 해맑게 미소 짓는 설영이었다.

곽정은 설영을 위해서라도 이대로는 죽을 수가 없었다.

쉬잇!

과연 상대의 첫 번째 공격이 채 끝나기도 전에 두 번째 공격이 이어지고 있었다.

곽정이 허리를 펴고 일어날 것이라고 예상한 공격으로, 그가 상체를 일으킨다면 목 한복판을 찔리고 말 것이다.

그렇지만 곽정은 상체를 뒤로 완전히 젖힌 자세에서 땅을 딛고 있는 두 발을 중심축으로 삼아 재빨리 빙그르르 회전하면서 절반쯤 뽑혔던 검을 마저 뽑아 상대의 허리를 맹렬하게 베어갔다.

그것은 허를 찌르는 통렬한 한 수였다.

쨍!

그렇지만 곽정의 검은 상대의 허리를 베지 못했다.

상대가 공격하려던 검을 급히 거두어들여 곽정의 검을 막은 것이었다. 실로 혀를 내두를 정도로 눈부시게 빠른 공수의 전환이었다.

곽정도 자신의 임기응변적인 공격이 성공할 것이라고는 기대하지 않았다. 다만 지금의 급박한 위기에서 벗어나야 한다고 생각했고, 그것은 잠시 성공하는 것처럼 보였다.

슈욱!

그러나 그가 막 몸을 일으키려고 했을 때에는 이미 상대의 세 번째 공격이 시작된 후였다.

일어서려던 곽정은 세 번째 공격에 직면하여 그것을 피하려다가 오히려 자세가 흐트러지면서 쓰러지듯이 뒤로 밀려가 등을 담에 세게 부딪쳤다.

쿵!

그 순간 그는 자신의 목을 향해 정면에서 곧장 찔러오는 한 자루 새파란 검을 발견하고 온몸의 털이 모조리 곤두서며 소름이 쫙 끼쳤다.

그리고 자포자기하는 참담한 심정이 되어 무심코 상대의
얼굴을 쳐다보았다.

순간 그는 상대가 누군지 한눈에 알아보았다. 그리고 다급
히 외쳤다.

"백무평! 멈추시오!"

뚝!

검첨이 곽정의 목에서 손가락 한 마디쯤을 남겨둔 거리에
서 정지했다.

일곱 명의 군림결사위 중 한 명인 백무평이 검첨으로 곽정
의 목을 찌를 듯이 겨눈 채 눈을 번뜩였다.

"네가 어떻게 나를 아느냐?"

설무검은 양궁표와 여섯 명의 군림결사위 고수들을 이끌
고 동방객잔의 육각거로 돌아왔다.

그는 군림결사위 여섯 명을 자신의 형제들에게 소개하고
간단한 인사를 나누게 했다.

이어서 설무검을 필두로 크고 넓은 대회의실 한복판에 위
치한 커다랗고 둥근 탁자에 둘러앉았다.

금록을 비롯한 군림결사위 고수들은 탁자 둘레에 앉으라
는 설무검의 말에 소스라치게 놀라면서 절대 그럴 수 없다며
완강하게 거부했다.

천주의 말은 말이 아니라 천명이지만, 어찌 하늘과 동등한 자리에 앉을 수 있겠는가.

그러나 양궁표와 단랑, 염탕, 반호, 오장보, 현조운 등이 아무렇지도 않게 차례로 설무검의 좌우에 앉는 것을 보고는 그들의 표정이 크게 변했다.

여하튼, 설무검은 그들 여섯 명을 자리에 앉히는데 꽤나 고생을 해야만 했다.

한바탕 우여곡절 끝에 모든 사람이 자리에 앉고 나자 이윽고 동방객잔이 자랑하는 최고의 요리와 술이 칠의문 제자들과 천백검문 제자들에 의해서 날라져 와 탁자에 가득 차려졌다.

금록을 비롯한 여섯 명의 군림결사위 고수들은 한시도 설무검에게서 눈을 떼지 않았다.

그들은 아직도 꿈을 꾸는 듯한 표정이었다.

죽은 줄로만 알았던 중천절 설무검이 버젓이 살아서 돌아왔으니 어찌 그렇지 않겠는가.

그들이 놀라고 있는 이유가 또 하나 있었다. 예전에는 위엄과 패도가 넘치던 설무검이 지금은 자상하면서도 초탈한 듯한 모습으로 변한 것 때문이었다.

그렇지만 그들이 마음속으로 생각하고 있는 설무검에 대한 한 가지는 예나 지금이나 변함이 없었다.

그것은 '충(忠)'이라는 한 글자였다.

"설 사숙님, 손님이 오셨습니다."

그때 문이 열리고 천백검문의 명한이 들어서며 설무검에게 공손히 보고했다.

설무검은 천백검문 장문인 천뢰환선과 나이를 초월한 친구 사이가 됐다.

그렇기 때문에 천뢰환선의 사질인 명한이 설무검을 사숙으로 대하는 것이었다.

명한을 뒤따라 들어온 사람은 다름 아닌 백무평이었다.

그는 음양문을 나와 설무검과 함께 이곳으로 오던 도중에 누군가 자신들을 지켜보고 있다는 설무검의 말에 따라 그자를 잡으려고 일행과 잠시 헤어졌었다. 물론 그자는 골목 어귀에서 몰래 지켜보고 있던 곽정이었다.

"어찌 되었느냐?"

금록이 묻자 백무평은 문밖으로 나가더니 혈도가 제압된 곽정을 번쩍 어깨에 메고 다시 들어왔다.

쿵!

"이자가 우리를 훔쳐보고 있었습니다."

백무평이 곽정을 바닥에 내려놓으며 보고했다.

청랑이 가볍게 눈살을 찌푸리면서 백무평을 꾸짖었다.

"멍청이! 그런 놈은 죽여서 내다버리지 무엇하러 제압해서

끌고 온 거야?"

"청랑!"

그녀가 언성을 높이자 금록이 눈을 부릅뜨면서 낮은 목소리로 엄하게 꾸짖었다.

청랑은 자신이 천주 앞에서 실수를 했다는 사실을 깨닫고 급히 일어나 설무검에게 허리를 굽혔다.

"요, 용서하십시오, 천주."

'천주!'

백무평의 어깨에 메어져 있는 곽정은 그 말에 소스라치게 경악했다.

그는 이곳에 있는 일곱 명의 군림결사위 고수들 얼굴은 물론 이름까지 모두 알고 있다.

과거 설무검이 아우인 설영의 거처에 들를 때면 군림결사위 고수들이 그림자처럼 호위를 하고 있었기 때문에 자연히 알게 될 수밖에 없었다.

'이 사람들이 대체 누구더러 천주라고 하는 것인가?'

군림결사위가 천주라고 호칭할 수 있는 사람은 천하에 단 한 명밖에 없다.

그렇다고 해서 충성심 강한 그들이 또 다른 주군을 천주로 모셨을 리가 없다.

그러나 곽정은 바닥에 엎어져서 얼굴이 처박혀 있는 자세라서 탁자 둘레에 앉은 사람들을 보지 못하는 처지여서 답답하기 짝이 없었다.

금록이 청랑을 쏘아보며 재차 눈을 부릅떴다. 외부인이 있는데 '천주' 라는 호칭을 사용했기 때문이다.

청랑은 찔끔해서 두 손을 무릎 위에 모은 채 고개를 푹 숙였다.

동첩득방(動輒得謗).

성격이 활달하고 급한 그녀는 무엇을 하든, 무슨 말을 하든 금록에게 꾸지람을 받았다.

그때 백무평이 곽정 옆에 서서 심각한 얼굴로 설무검에게 공손히 보고했다.

"이자가 속하의 이름을 알고 있었습니다."

순간 군림결사위 고수들은 적잖이 놀라는 표정을 지었다.

금록이 허락을 바라는 듯 설무검을 쳐다보자 그는 가볍게 고개를 끄덕였다.

"이놈의 말을 들어보자."

금록이 일어서며 묵직하게 중얼거리자 백무평이 즉시 곽정의 아혈을 풀었다.

곽정은 말을 할 수 있게 되었지만 여전히 마혈이 제압되어 있었기 때문에 엎드린 자세에서 손가락 하나 까딱할 수 없는 상황이었다.

"너는 어떻게 무평을 알고 있는 것이냐?"

곽정은 뺨을 바닥에 댄 자세였으므로 불투명한 발음으로 웅얼거렸다.

"방금 내게 물은 사람의 이름이 금록이라는 것도 알고 있는데, 그것을 어찌 생각하시오?"

곽정은 도박을 해보기로 했다.

순간 금록과 군림결사위 고수들의 안색이 일제히 변했다. 이어서 그들은 누가 먼저랄 것도 없이 자리를 박차고 일어나 손을 쓸 태세를 갖추었다.

"그리고 다른 사람들 이름은 청랑, 화영, 소도천, 진명군, 함웅이 아니오?"

군림결사위 고수들은 그야말로 아연실색하고 말았다. 누군가 자신들의 이름을 이처럼 한 글자도 틀리지 않고 술술 말할 줄은 상상도 하지 못했던 것이다.

창!

"이놈은 중천사세의 세작이 틀림없어! 당장 베어서 내다버려야 해!"

일이 이쯤 되자 성질 급한 청랑이 득달같이 검을 뽑으면서 날카롭게 외쳤다.

순간 곽정은 가슴이 철렁했다.

자신으로서는 아는 체를 해서 자신이 적이 아니라 그들의 동료라는 사실을 밝히려고 했던 것인데, 그것이 화가 될 줄은 미처 생각하지 못했다.

"그자를 일으켜라."

그때 설무검이 조용히 명령했다.

청랑이 곽정에게 검을 겨누려다가 뚝 멈추고, 백무평이 곽정을 일으켜 설무검을 향해 무릎을 꿇렸다.

곽정은 눈동자를 굴려 탁자 둘레에 서거나 앉은 사람들을 재빨리 훑어보았다.

그러나 서 있는 군림결사위 고수들은 모두 아는 얼굴이지만, 앉아 있는 사람들은 처음 보는 사람들이었다.

모두들 곽정을 날카롭게 주시하고 있었지만 곽정은 개의치 않고 빠르게 눈동자를 굴렸다.

'대체 누구에게 천주라고……'

초조한 심정으로 내심 중얼거리면서 다시 한 번 앉은 사람들을 찬찬히 훑어보던 곽정의 시선이 이윽고 설무검의 얼굴에 딱 고정되었다.

"아……."

처음 보는 얼굴인 듯하면서도 어디선가 많이 본 얼굴이었다.

그러는가 싶더니 곽정의 시선이 설무검의 뺨에 새겨진 검흔에 멈추었다.

"아아……."

검흔이 실마리가 되어 곽정은 설무검의 얼굴에서 예전의 모습을 한순간에 기억해 내는 데 성공했다.

그의 입에서 다시 탄성이 흘러나오면서 얼굴이 점점 놀라움으로 물들어갔다.

"처… 천주이십니까?"

그는 술을 헐떡이면서 흐느끼듯 물었다.

어느새 눈물이 철철 넘쳐 두 뺨을 적시고, 혈도가 제압된 상태에서도 온몸이 푸들푸들 제멋대로 마구 떨렸다.

"혈도를 풀어줘라."

설무검이 명령했다.

자신을 보고서 저토록 격동하며 눈물을 흘리는 사람이 적일 리가 없다.

만약 저런 사람이 적이라면, 진짜 배신자들은 동지라고 해도 될 터이다.

백무평이 곽정의 혈도를 풀어주자 그는 그 자리에 납작하게 엎드려 오열을 터뜨렸다.

"크흐흑! 소… 속하… 천주를 뵈옵니다!"

사나이들의 만남이란 이렇듯 늘 가슴을 저민다.

충성스러운 수하가 죽었다고 믿었던 상전을 만났을 때에

는 이렇듯 심장이 터질 것만 같다.

곽정은 부복한 채 금방이라도 숨이 넘어갈 것처럼 한참이나 오열했다.

칠 년 전 장대비가 퍼붓던 날.

악마의 혓바닥 같은 거센 불길에 휩싸여 붕괴하는 중천군림성을 뒤로한 채 소가주 설영을 모시고 필사의 탈출을 했던 그날 밤부터 지금까지의 일들이 너무도 생생하게 곽정의 머릿속에 되살아났다. 그렇기 때문에 그는 이 만남이 더 남달랐고, 더 감격스러웠다.

설무검은 바닥에 얼굴을 묻은 곽정이 울음을 멈출 때까지 묵묵히 기다려 주었다.

기다리는 내내 그는 가슴이 훈훈했다.

그의 주위에는 배신자들만 있는 것이 아니었다.

원하는 것이라면 무엇이든 다 들어주었던 자들은 배신을 하였지만, 있는지 없는지조차 몰랐던 수하들은 밟히고 짓이겨지면서도 모진 목숨을 이어가며 설무검을 기다려 주었다.

이윽고 곽정은 울음을 그치고 조심스럽게 고개를 들면서 퉁퉁 부은 눈으로 설무검을 우러러보며 정식으로 신고(申告)를 하였다.

"중천군림성 일월각(日月閣) 휘하 은월단(銀月壇) 소속 제

사령주(四領主) 곽정이 천주를 뵈옵니다!"

모두들 곽정의 행동을 보고 그가 중천군림성의 고수였을 줄 짐작했다는 표정으로 고개를 끄덕였다.

과거 중천군림성은 일위(一衛), 구각(九閣), 이십칠단(二十七壇)을 거느리고 있었다.

최하위 조직인 일개 단에는 열 명씩의 수하를 이끄는 다섯 명의 영주가 있었다.

곽정은 그중에 한 명이었다.

일위는 물론 군림결사위를 가리킨다. 군림결사위와 일개 영주의 신분은 구름과 진흙의 차이. 운니지차(雲泥之差)일 정도로 그 격이 다르다.

곽정의 신고에 일곱 명의 군림결사위 고수들, 즉 결사칠위(決死七衛)의 표정이 풀어졌다.

운니지차니 어쩌니 해도 자신들과 곽정은 한 배를 탔던 동료인 것이다.

"너⋯ 별호가 근근검이었지, 아마?"

그때 설무검이 곽정을 굽어보며 조용히 물었다.

순간 곽정은 너무 놀라서 펄쩍 뛸 뻔했다. 하늘 같은 천주가 자신처럼 하찮은 일개 영주를 기억하고 있다는 사실이 믿어지지가 않았다.

"그, 그렇습니다. 군림보가 처음 개파했을 때, 백 명을 모집하는데 속하가 백 번째로 근근이 합격했다고 해서 동료들이 장난삼아서 붙여준 별호입니다."

그리고 보니까 곽정은 설무검이 처음 방파를 개파했을 때부터 함께한 개파 수하인 것이다.

모두의 입가에 미소가 어렸다.

그러나 설무검은 가슴 한 귀퉁이가 짠하게 아려왔다.

곽정이 소속되었던 일월각 휘하 은월단 고수 오십 명은 아우 설영의 거처인 잠룡원(潛龍院)을 지키는 호위단이었기 때문이다.

"너는……."

설무검은 떨어지지 않는 입을 열었다. 곽정에게 설영에 대해서 물어보려는 것이다.

"그 당시 중천군림성이 붕괴할 때 영아가 어떻게 됐는지 알고 있느냐?"

그의 말에 양궁표의 형제들과 결사칠위는 모두 안색이 변하면서 숙연해졌다.

곽정은 공손히 이마를 바닥에 댔다.

"알고 있습니다."

설무검의 얼굴이 납덩이처럼 무겁게 가라앉았다.

그는 설영이 죽었다고 알고 있고, 또 그 당시에는 그럴 수밖에 없는 상황이었다고 생각했다.

그러나 이제 설영을 호위하던 수하에게 아우의 죽음을 직접 확인해야 하는 시간이다.

이윽고 설무검의 입에서 나직하면서도 한숨 같은 음성이 흘러나왔다.

"영아는 어찌 됐었느냐?"

곽정은 이마를 바닥에 댄 채 격앙된 가슴을 가라앉히려고 애쓰면서 공손히 입을 열었다.

"그 당시… 속하들 은월단 오십 명은 단주의 지휘 아래 소가주를 모시고 필사적으로 중천군림성을 탈출했습니다."

설무검의 눈이 약간 커졌다.

"탈출했었다고? 그래서! 그다음은 어떻게 됐지?"

단랑이 참지 못하고 자신도 모르게 벌떡 일어서며 손바닥으로 탁자를 두드렸다.

그녀뿐만 아니라 모두의 얼굴에 일말의 가느다란 희망이 떠올라 곽정을 주시했다.

그 당시의 처절한 상황으로 미루어 봤을 때, 설영이 살아난다는 것은 불가능한 줄 모두들 잘 알고 있었다.

그렇지만 캄캄한 밀실에 한줄기 빛이 비추듯 모두 곽정의 다음 말을 기다렸다.

"우리를 맹추격하는 추적자들의 수는 족히 삼백여 명에 달했습니다. 그들의 추적은 너무도 악착같았으며, 속하들보다 훨씬 강했습니다. 속하들은 도주하면서 목숨을 걸고 싸웠으나 역부족이었습니다."

'역부족'이라는 말에 모두의 얼굴이 금세 어두워졌다. 모두 곽정의 말에 일희일비하고 있었다.

곽정은 고개를 들고 비분강개한 표정으로 설무검을 우러러보며 계속 설명했다.

"도주하던 속하들은 어느 강변에 이르렀습니다. 추격대는 새카맣게 몰려오는데… 갑자기 단주가 소가주를 배에 태우고 큰절을 올리고 나서 속하에게 명령했습니다. 무슨 일이 있어도 소가주를 안전하게 모셔야 한다고… 천주의 대(代)가 끊어져서는 안 된다고……."

그날의 기억이 곽정의 머릿속에만 생생하게 남아 있는 것이 아니다.

그 얘기를 듣고 있는 실내의 모든 사람들은 마치 그 당시의 광경을 눈앞에서 보고 있는 듯, 눈에서 불을 뿜으며 어금니를 악물었다.

그러나 설무검의 표정은 담담할 뿐 변함이 없었다.

그러나 바로 곁에 있는 양궁표는 설무검이 무릎에 얹은 주먹을 힘껏 움켜쥐고 있는 것을 보았다. 그의 손톱이 살 속으로 파고들었다.

피를 토하는 듯한 곽정의 설명이 계속 이어졌다.

"단주는 소가주와 속하가 탄 배를 강 쪽으로 힘껏 밀어주고는 그곳에 있던 나머지 배들에 불을 질렀습니다. 이후 저희가 탄 배가 강 복판에 이르렀을 때… 단주 이하 은월단 수하들과 추격대와의 싸움이 시작됐습니다."

이른바 적을 맞이하여 싸우다가 장렬하게 죽는다는 각오로 타고 갈 배마저 불태워 버린다는 제하분주(濟河焚舟)의 처절한 상황이었던 것이다.

"크흑! 저희가 강 건너에 이르렀을 때, 단주와 은월단 수하들은 모두… 전멸했습니다. 그때 속하의 등에 업혀 계시던 소가주께서… 내려달라고 하시더니… 강 건너편을 향해 무릎을 꿇고 흐느끼면서 큰절을 올리셨습니다."

그즈음 설무검과 양궁표를 제외한 모든 사람이 눈물을 흘리고 있었다.

우는 소리를 내지는 않았지만, 주먹으로 눈두덩을 문지르고 어깨를 들먹이면서 통한의 눈물을 흘렸다.

"그래서 그 후에 소가주께서는 어찌 되셨느냐?"

금록이 충혈된 눈에 눈물을 담은 채 곽정을 채근했다.

곽정은 그다음부터의 일을 설명했다.

자신과 설영이 추격대의 눈을 피하기 위해서 여러 모습으로 변장을 하고 남의 집 처마 밑이나 헛간에서 잠을 청하고, 또 문전걸식을 하면서 거지처럼 줄곧 남행을 했었던 일.

천신만고 끝에 항주에 당도하여 설영에게 여장을 시켜 누이동생 곽선랑이 기녀로 있는 한매루에 동기(童妓)로 넣을 수밖에 없었던 일.

그리고 그 후에 설영의 부름으로 악양으로 옮겨가서 지금까지 살아온 일들을 간략하게 설명해 주었다.

그의 설명이 계속될수록 모두의 얼굴이 점점 환해졌다.

"그, 그럼… 소가주께서 살아 계신다는 말이냐?"

눈물을 철철 흘리던 청랑이 곽정의 양 어깨를 붙잡고 흔들면서 물었다.

곽정은 울면서 또 희미한 미소를 지으며 고개를 끄덕였다.

"그렇습니다. 소가주께선 지금 십팔 세, 아니, 십구 세의 어엿한 미장부가 되셨습니다."

"아아!"

"이것은 정녕 하늘의 도우심이다!"

"우핫핫핫! 소가주께서 살아 계시다니!"

설무검의 형제들과 결사칠위는 모두 하나가 되어 어깨를 얼싸안고 환호성을 터뜨리며 기쁨에 겨워 소리쳤다.

설무검의 입가에도 훈훈한 미소가 떠올랐다.

'영아가 살아 있다. 영아가……'

뭐라고 설명하기 어려운 희열과 감회가 가슴을 가득 메우면서 북받쳐 올랐다.

“영아에 대해서 자세히 설명해 봐라. 악양에서 영아가 무엇을 했느냐?”

사실 곽정은 설영이 악양에서 무엇을 했는지 정확하게 알지는 못한다. 설영이 말해주지도 않았으며, 곽정도 굳이 묻지 않았던 것이다.

그래서 설무검의 물음에 딱히 해줄 말이 그리 많지 않았다. 다만 가끔씩 설영이 지나가는 말처럼 해주었던 말을 곽정 나름대로 정리한 정도를 설명했으며, 설영이 석 달에 한 번 사흘씩 휴가를 나왔던 일이나, 휴가가 끝나면 다시 신봉각으로 돌아갔다는 것을 말해주었다.

그러나 한 가지 분명한 것은 설영이 그곳에서 무공을 배우고 있었으며, 현재 상당한 수준의 고수가 됐다는 정도를 설명해 주었다.

“신봉각이라고 했느냐?”

그렇게 묻는 설무검의 얼굴에 복잡한 표정이 흐릿하게 떠올랐다.

“그렇습니다. 언젠가 속하가 소가주께 물건을 전하러 갔던 적이 있습니다. 신봉각이라는 기루에…….”

천하에 ‘신봉(神鳳)’이라는 말을 사용할 수 있는 곳은 단 한 군데뿐이다.

바로 신봉각이다.

봉황단의 총단인 신봉각이 '신봉'이라는 이름을 사용하고 있으므로, 천하의 그 어떤 방, 문파나 가게들도 '신봉'이라는 말을 사용할 수 없는 것이다.

아직 강호에 대해서 잘 모르고 있는 곽정이나 양궁표, 그의 형제들은 '신봉'이 무엇을 의미하는지 모른다.

그러나 설무검과 결사칠위는 다르다.

그들은 신봉각의 실체를 알고 있으며, 그곳에서 천하 온유향과 살명계를 좌지우지하는 기녀들과 살수들을 양성하고 있다는 사실까지도 알고 있다.

설무검은 곽정의 충분하지 않은 설명을 듣고 이미 짐작 가는 바가 있었다.

설영과 함께 몇 년씩이나 함께 살고 있는 곽정조차도 모르는 것을, 그의 불과 몇 마디 설명을 들은 설무검은 즉시 간파를 한 것이다.

"영아는 지금 악양에 있느냐?"

설무검의 물음에 곽정은 자신이 이곳까지 오게 된 이유를 비로소 설명해 주었다.

순간 설무검의 뇌리를 스치는 그 무엇이 있었다.

'설마······.'

곽정의 설명을 들은 설무검은 설영이 검풍루의 살수가 된 것이 분명하다고 판단했다. 그리고 살수인 설영이 낙양으로

왔다가 아직 귀환하지 않고 있다.

그런데 낙양에서는 금호방주가 살수에게 암살을 당했고, 그들 두 명의 살수는 중천무림의 포위망에 갇혀서 낙양성 내에 옴짝달싹 못하고 갇혀 있었다.

심지어 설무검은 두 명의 살수 중 한 명인 정미라는 여자를 직접 만나기까지 했었다. 그때 정미는 동료의 이름이 '소영'이라고 했었다. 소영이라는 살수는 장도명이라는 자에게 제압당해서 낙성검가에 넘겨졌었다.

이후 단소예가 소영을 구출해서 도망을 쳤으며, 또 낙양성 대로에서 두 사람이 낙성검사들에게 포위된 상태에서 치열하게 싸웠다는 말을 들었을 때, 설무검은 반사적으로 아우 설영을 떠올렸었다.

그때 잠깐 소영이 자신의 아우 설영이 아닐까 하고 생각한 적이 있었다.

그러나 곧 부인했다. 그럴 리가 없다고 여겼던 것이다.

그런데… 지금은 모든 상황이 소영이 설영이었다고 증명하고 있지 않은가.

그때는 설영이 죽었다고 생각했기 때문에 소영이 설영이 될 수가 없었다.

이제야 단소예가 왜 소영이라는 살수를 목숨을 걸고 구해서 탈출했는지 확연히 알 수가 있었다.

“궁표.”

설무검의 나직한 부름에 양궁표는 즉시 일어나 공손히 허리를 굽혔다.

“소영을 몇 차례 봤으니 용모를 설명할 수 있겠지?”

“그렇습니다, 형님.”

이어서 양궁표는 자신이 봤던 설영의 용모는 물론 성격에 대해서도 비교적 자세히 설명을 했다.

그의 설명을 들으면서 설무검은 지그시 어금니를 악물었고, 설명이 다 끝나자 두 주먹을 거세게 움켜쥐었다.

그때 곽정이 적잖이 놀란 표정으로 양궁표를 쳐다보았다.

“소가주를 어디에서 만났었습니까?”

양궁표는 무슨 소리냐는 듯한 표정을 지었다.

곽정은 물러서지 않았다.

“방금 설명하신 분이 바로 소가주의 용모와 한 치의 틀림도 없이 똑같습니다! 지금 그분이 어디에 계신지 말씀해 주십시오! 부탁합니다!”

그는 양궁표에게 몇 번이나 거듭 고개를 숙이며 간곡하게 부탁했다.

“소가주라니……..”

양궁표는 그제야 퍼뜩 떠오르는 것이 있어서 적잖이 놀란 얼굴로 중얼거렸다.

그때 설무검이 벌떡 일어나 문 쪽으로 성큼성큼 걸어갔다.

"근근검, 따라와라."

第七十一章
진실

"랑아와 검풍루주를 불러와라."

자정이 다 된 시각에 지란루에 들이닥친 설무검이 놀라서 부랴부랴 달려 내려온 루주에게 명령했다.

삼층 최고급 방으로 안내된 설무검이 반 각쯤 기다렸을 때, 자지 않고 설영에 대해서 상의를 하고 있던 은자랑과 한효령이 놀란 표정으로 급히 들어왔다.

한효령의 옷자락을 꼭 붙잡은 은리도 따라 들어왔다.

"이 밤중에 무슨 일이에요, 대가?"

은자랑은 의자에 앉지도 않은 채 방 안을 서성거리고 있는 설무검 앞에 다가가 멈추며 놀란 표정으로 물었다. 그녀는 설무검의 얼굴에서 초조함을 발견했다.

"아!"

그때 설무검 옆에 서 있던 곽정이 한효령을 발견하고 낮은 탄성을 터뜨렸다.

같은 순간 한효령도 곽정을 발견하고 크게 놀라 외쳤다.

"곽숙!"

설영이 한효령에게 곽정을 자신의 삼촌이라고 소개했기 때문에 그녀는 그를 '곽숙'이라고 불렀다.

"대모(大母)께서 어떻게 이곳에……."

곽정의 놀라움은 이만저만한 것이 아니었다. 아무 생각 없이 설무검을 따라왔다가 생각지도 않았던 설영의 양어머니를 만났으니 어찌 놀라지 않겠는가.

설무검은 두 사람의 해후를 묵묵히 지켜보기만 했다.

그는 곽정이 설명한 내용 중에서 설영이 양어머니를 모셨다는 것과 양어머니의 용모에 대한 설명을 듣는 즉시 얼마 전에 은자랑과 함께 만났던 한효령을 떠올렸다.

그래서 설영이 살수가 됐을 것이라는 짐작을 했던 것이다. 한효령은 검풍루주이므로.

"곽숙, 어째서……."

한효령은 이해할 수 없다는 표정으로 말을 하다가 설무검을 힐끗 쳐다보며 말끝을 흐렸다.

그녀는 어째서 악양에 있어야 할 곽정이 낙양에 나타났으며, 또 설무검과 함께 있는 것인지 영문을 알 수 없다는 표정이었다.

설무검은 은자랑에게 물어볼 것이 있지만, 우선 곽정과 한효령의 일을 지켜보기로 했다.

곽정은 조심스럽게 설무검을 쳐다보았다.

설무검은 묵묵히 고개를 끄덕였다.

이윽고 곽정은 한효령을 보면서 당당한 자세와 표정으로 말문을 열었다.

"저는 원래 중천군림성의 수하입니다."

그는 아직도 중천군림성이 건재하다는 듯이 말했다.

"당신이……."

한효령은 적잖이 놀라는 표정을 지었다. 그렇지만 이것은 시작에 불과했다.

그녀는 곽정이 단지 과거에 중천군림성의 수하였었는데, 낙양성에서 우연히 설무검과 재회를 하게 되어 함께 있는 것이라고만 생각했다.

"사실 제가 악양 벽풍장에서 모시고 있던 분은 중천군림성의 소가주셨습니다."

곽정의 다음 말에 실내는 한순간 조용해졌다. 숨소리조차

들리지 않았다.

세 여자는 눈을 크게 뜨고 서로의 얼굴을 쳐다보다가 마지막으로 다시 곽정을 쳐다보았다.

그녀들의 얼굴에는 혹시 자신들이 잘못 들었거나, 곽정이 뭔가 크게 착각하고 있는 것이 아닌가 하는 표정이 떠올라 있었다.

그러나 곽정은 그 어느 때보다도 차분하고 확신에 찬 모습이었다.

잠시 후에 은리가 곽정에게 물었다.

"그럼, 영 오라버니가 저분의 친동생이라는 건가요?"

그녀는 똘망똘망한 눈으로 설무검을 가리켰다. 그녀에게 설영에 대한 것은 자신의 목숨보다도 중요한 일이었다.

"그렇습니다."

은리의 얼굴에는 아직 놀라움이 떠오르지 않았다. 설영의 신분 같은 것은 그녀에게 그리 중요하지 않았다. 중요한 것은 설영 그 자신인 것이다.

"그럼 진짜 이름이 설영인가요?"

"그렇습니다."

순간 은자랑과 한효령은 곽정에게서 다시 한 번 확인을 하고 경악, 아니, 혼비백산하고 말았다.

아마도 그녀들 생애를 통틀어서 지금처럼 놀라는 것은 최초이자 마지막일 것이다.

은자랑도, 한효령도 설영을 좋아한다. 아니, 좋아하는 정도가 아니라 끔찍이 사랑하고 있다.

그렇지만 설영이 중천절의 친동생일 것이라고는 단 일 푼의 가능성도 생각하지 않았었다.

그런데 어떻게 이런 일이 있을 수 있다는 말인가. 세상일이란 정말 한 치 앞을 모른다더니, 지금이 바로 그랬다.

그때 은리는 누가 뭐라고 하기도 전에 사붓사붓 걸어서 설무검 앞에 다가가 멈춰 섰다.

이어서 아름다운 눈으로 설무검을 말끄러미 바라보면서 장미 꽃잎 같은 입술을 나풀나풀 열었다.

"소녀는 은리예요. 영 오라버니께서 신봉각에 처음 왔던 날부터 우린 남매처럼 친하게 지냈어요."

은리는 말을 하는 동안에는 울음을 터뜨리지 않으려고 힘껏 입술을 깨물었다.

"영 오라버니는 소녀에게 정말 잘해주었어요. 그렇지만 그는 언제나 우울한 표정이었어요. 또한 그는 자주 소녀의 방에서 잠이 들곤 했었는데… 그때마다 악몽에 시달리면서 누군가를 애타게 불렀었어요. 이제 보니 바로 형 되시는 분, 대가를 부르는 것이었군요."

은리를 바라보는 설무검의 얼굴이 한없이 포근해지고, 또

한 슬픔으로 가득 찼다.

울음을 참으려는 은리의 노력은 성공했지만, 끝내 눈물은 참지 못하고 해쓱해진 뺨으로 주르르 흘러내렸다.

"그럴 때마다 소녀는 영 오라버니가 너무 가련해서 꼭 안아주었는데… 잠에서 깬 그는 한 서린 얼굴로 기필코 복수를 하고야 말겠다고 눈물을 흘리며 맹세를 거듭하곤 했었어요."

한효령도 알지 못하는 내용이었다. 그러나 한효령은 조금도 섭섭하게 여기지 않았다.

"소녀는 대가를 처음 뵙는 순간 영 오라버니와 많이 닮았다고 생각했는데 과연 두 분은 형제였군요. 정말 다행이에요. 천애고아인 줄 알았던 영 오라버니에게 이렇게 든든한 형님이 계셔서……."

양궁표 역시 처음에 설영을 봤을 때 그에게서 설무검의 분위기와 닮은 부분을 발견했었다.

그것은 설무검이나 설영과 오랜 세월 동안 가깝게 지낸 사람만이 알아볼 수 있는 두 사람만의 특징이었다.

설무검은 더없이 자애로운 표정으로 은리를 바라보며 두 팔을 벌렸다.

"리아, 이리 오너라."

그는 아우 설영과 오랜 세월 피붙이처럼 지내면서 그를 위로하고, 또 감싸준 은리가 고맙기 그지없었다.

은리는 조심스럽게 다가가 설무검의 넓은 가슴에 살며시 안겨들었다.

설무검은 부드럽게 은리를 안고 등을 쓰다듬었다.

"고맙다, 리아. 네가 나보다 낫구나."

"대가……."

은리의 야위고 가녀린 몸이 설무검의 품에서 갓 잡아올린 물고기처럼 파들파들 떨어댔다.

"으흑흑! 대가!"

그러더니 그녀는 기어코 온몸을 설무검의 품에 내던져 작게 몸부림치면서 참고 참았던 울음을 결사적으로 터뜨리기 시작했다.

설무검은 고개를 끄덕이면서 말없이 은리의 등을 쓰다듬어주기만 했다.

설영에게는 비록 형제가 있었지만 어찌 이 아이가 베푼 사랑과 같을 수 있었겠는가[雖有兄弟豈能如此].

은자랑과 한효령, 양궁표, 곽정은 훈훈한 표정으로 그 광경을 바라보았다.

냉정하기로는 타의 추종을 불허하는 두 여자, 은자랑과 한효령도 이때만큼은 말없이 눈물짓고 있었다.

은리는 설무검의 품에서 떨어질 줄을 몰랐다.

커다란 체구의 설무검 품에 안겨 있는 자그마한 은리는 마치 아버지 품에 안긴 어린 딸 같았다.

이윽고 설무검이 부드러운 눈길을 한효령에게 보냈다.

"그대가 영아의 양어머니라고 들었습니다."

"아……."

느닷없는 설무검의 존칭에 한효령은 화들짝 놀랐다.

그녀는 설무검이 어떤 인물인지 잘 알고 있다. 그가 봉황단주인 은자랑은 물론이거니와, 천하의 어느 누구에게도 존대를 하지 않는 것으로 유명하다는 사실 또한 알고 있었다.

설무검이 한효령에게 고개를 깊이 숙였다.

"아우를 깊이 보살펴 주셔서 진심으로 감사드립니다."

"처, 천주!"

한효령은 너무 놀라서 펄쩍 뛰는 바람에 두 발바닥이 바닥에서 반 자나 뛰어올랐다.

"이러지 마십시오! 감당하기 어렵습니다……."

그녀는 설무검을 향해 마주 허리를 깊숙이 숙이며 어찌할 줄을 몰랐다.

이윽고 설무검이 천천히 고개를 들자 한효령은 사슬에서 풀려나듯 조심스럽게 허리를 폈다. 하지만 그녀의 온몸은 잠깐 사이에 땀으로 흠뻑 젖었다.

"랑아, 너도 고맙다. 너희가 영아를 보살펴 주었구나."

은자랑은 감동 때문에 가슴이 울컥했다.

그녀는 흐뭇한 미소를 지으면서 설무검을 바라보았다.

하늘 중에 하늘이고, 천하에서 가장 사내다운 사내 설무검이 고개를 숙이는 모습을 은자랑은 방금 처음 보았다.

아마 그런 모습은 그 누구도 본 적이 없을 것이고, 앞으로도 보지 못할 것이다.

은자랑과 한효령은 설무검이 아우를 위해서는 언제든 굴신(屈身)할 준비가 되어 있다는 사실을 깨달았다. 그래서 그녀들은 설무검이 더욱 훌륭하게 보였다.

너무 격렬하게 오열하던 은리는 탈진을 했는지 어느새 설무검의 품에서 잠이 들고 말았다.

깊은 혼절과도 같은 잠이었다. 설무검의 가슴에 기대어 행복한 표정을 지은 채 새근새근 자는 모습이 너무도 아름답고 또 귀여웠다.

"이리 주세요."

설무검은 자신의 앞으로 다가와 두 팔을 내미는 은자랑에게 은리가 깨지 않도록 조심스럽게 내밀었다.

"으음……."

그러나 은리는 두 팔로 설무검의 목을 꼭 끌어안은 채 놓지 않았다.

어쩔 수 없이 설무검은 의자에 앉아서 은리를 무릎 위에 눕혀 가슴에 안은 채 재울 수밖에 없었다. 그러나 귀찮거나 싫은 기분은 아니었다.

오히려 은리를 안고 있자니 마치 설영을 안고 있는 듯한 기분마저 들었다.

돌이켜 생각해 보니 그는 지난날 한 번도 설영을 안아준 적이 없었다. 그것을 지금 은리에게 해주면서 미안한 마음을 대신하고 있는지도 몰랐다.

이윽고 설무검은 탁자 맞은편에 앉은 은자랑을 쳐다보며 가장 궁금하던 것을 물었다.

"지금 영아는 어디에 있느냐?"

은자랑이 조심스럽게 다른 말을 꺼냈다.

"그전에 대가께 드릴 말씀이 있어요. 사실 영아는……."

"영아가 살수고, 금호방주를 죽인 것을 알고 있다."

설무검이 그녀의 말을 잘랐다.

"아!"

"내가 알고 싶은 것은 그 아이가 지금 어디에 있으며, 무사하냐는 것이다."

설무검의 단도직입적인 말에도 은자랑은 우아한 미소를 잃지 않았다.

"영아는 무사해요. 그리고 악양으로 귀환 중인데, 몇 시진

전에 받은 보고에 의하면 잠시 후에 안휘성 부양현(阜陽縣)에 당도할 것이라고 했어요."

설무검이 가볍게 미간을 좁혔다.

"곧장 악양으로 가지 않고 그쪽으로 돌아가는 것은 추격대 때문인가?"

"그래요. 영아는 지나칠 정도로 총명하기 때문에 누구도 그 아이를 어쩌지 못할 거예요."

설영이 총명예지(聰明叡智)하다는 사실은 익히 알고 있는 은자랑이었다.

하지만 그가 금호방주를 어렵지 않게 암살하고, 또 사지나 다름이 없는 낙양성에서 검풍루나 봉황단의 어떠한 도움도 받지 않은 채 버젓이 탈출하여 귀환 중이라는 보고를 접하고 는, 자신이 여태껏 그를 과소평가하고 있었다는 사실을 절실히 깨달아야만 했다.

설영이 설무검의 죽은 줄로만 알았던 친동생이라는 사실을 알게 된 지금, 은자랑은 설영의 총명함과 천부적인 재질이 결코 우연하게 얻어진 것이 아니라는 사실까지 아울러 알게 되었다.

말하자면 난형난제(難兄難弟)인 것이다.

설무검은 잠시 생각에 잠겼다가 입을 열었다.

"랑아, 너는 영아와 정미 두 아이를 잡으려고 혈안이었던

중천사세와 그밖의 세력들이 어째서 갑자기 포위망을 풀었는
지 아는 바가 있느냐?"

은자랑은 씁쓸한 표정을 지었다.

"그것까지는 아직……."

"내가 알아본 바에 의하면, 단해룡이 새로 거둔 책사의 생
각이라고 하더구나."

"책사?"

은자랑은 가볍게 놀라는 표정을 지었다. 그로 미루어 그녀
는 그 사실을 모르고 있었던 것 같았다.

이윽고 설무검은 설영이 금호방주를 암살한 직후 쫓기는
신세가 되었다가 태무라는 친구의 소개로 낙영루에 숨어 있
었다는 것을 말했다.

이후 태무의 심복인 낙영루주 낙화귀가 설영을 제압했으
며, 장도명은 설영을 단해룡에게 바치는 대가로 책사가 된
일. 이후 단소예가 설영을 구해서 탈출한 일 등을 간략하게
설명해 주었다.

"맙소사! 그런 일이……."

설명을 듣고 난 은자랑과 한효령의 놀라움은 이만저만한
것이 아니었다.

설무검이 말한 내용들은 하나같이 놀랍기 짝이 없는 것들
뿐이고, 또한 그녀들로서는 까맣게 모르고 있던 것들이었

다.

　그런 것들을 설무검이 어떤 방법으로 알아냈는지에 대해서는 차치해 두고서라도, 장도명이 단해룡의 책사가 되어 그동안 암약하고 있었다는 사실은 실로 기가 막힐 정도로 놀랍고도 기가 찰 일이었다.

　"장도명, 그놈이 감히!"

　은자랑이 잘근 입술을 깨물었다.

　"네가 아는 자냐?"

　"제가 키우던 개 중에 한 마리예요."

　그녀의 눈에서 찰나지간 새파란 살기가 번뜩였다가 나타날 때보다 더 빨리 사라졌다.

　"그 개가 주인을 향해서 짖는군요."

　"내 생각에는 그 개가 머지않아서 내 아우를 물어뜯을 것 같구나."

　은자랑은 눈을 크게 뜨고 놀랐다. 그녀는 조금 전에 설무검이 했던, 즉 '낙양성의 포위망을 왜 풀었는가' 라는 말이 퍼뜩 생각났다.

　"대가의 말씀은… 장도명이 낙양성의 포위망을 거둔 것이 영아를 잡기 위한 계책이라는 것인가요?"

　"그렇지 않으면 왜 갑자기 포위망을 풀었겠느냐?"

　"이런……."

장도명이 설영을 제압하여 단해룡에게 바쳤는데, 설영이 낙성검가에서 단소예의 도움으로 탈출했다.

그런 상황이라면, 은자랑이 장도명이라고 해도 수단과 방법을 가리지 않고 설영을 잡으려고 했을 것이다.

장도명이 포위망을 푼 이유가 설영을 잡기 위한 계책이라면, 지금쯤 필경 설영을 뒤쫓고 있는 중이거나, 혹은 설영을 위험에 빠뜨릴 수 있는 또 다른 함정을 준비해 두었을 것이 분명하다.

그것 때문에 냉철하기로 소문난 은자랑이 적잖이 당황하고 있었다.

"제가 지금 당장 영아에게 가겠어요."

마음이 다급해진 은자랑이 벌떡 일어섰다.

"그전에 영아에게 장도명의 계책을 알려줘서 대비를 할 수 있도록 해라."

"아! 그렇군요!"

당황하다 보니까 평소 같으면 하지 않을 실수마저 저지르고 있는 은자랑이었다.

"영아에게 지금 즉시 낙양으로 돌아오라고 해라. 단, 평지를 버리고 산을 택하되, 지금 있는 안휘성 부양현에서 서쪽으로 곧장 가다가 당하현(唐河縣)에 이르러 다시 곧장 북행하라고 전해라."

"알겠어요."

바쁜 와중에도 설무검은 은리를 조심스럽게 은자랑에게 내밀었다.

그러자 한효령이 다가와 대신 그녀를 받아 안았다.

"영아에겐 내가 가겠다."

설무검이 자르듯이 단호하게 말했다.

"저도 가겠어요."

설무검이 문 쪽으로 걸어가자 은자랑이 급히 뒤따랐다.

"너는 이곳에서 할 일이 있다."

함께 갈 수 없다는 사실에 은자랑은 얼굴 가득 서운한 표정을 지었다.

"말씀하세요."

"장도명이란 자는 세력을 갖고 있느냐?"

"그놈은 혈월단이라는 해적의 두령인데, 혈월해신이라고 불리며, 동해와 남해, 외국의 먼 바다까지 지배하고 있을 정도로 바다에서는 무적이에요. 하지만 그래 봤자 해적 두령이에요. 뭍에서는 별것도 아닌 존재예요."

설무검은 고개를 가로저었다.

"내 생각에 그자의 세력은 일개 해적단만이 아닐 것 같다. 조사해 봐라."

"알겠어요."

장도명이 설영을 옥죌 수도 있는 세력들을 찾아서 없애라는 뜻이다.

"내가 아는 바로는, 그자는 녹림을 마음대로 조종하는 것 같더군."

"녹림을?"

"낙영루의 호위무사들이 모두 녹림인들이었다."

"그랬군요."

설무검과 양궁표, 곽정이 문을 열고 나가려 할 때 은자랑이 따라 나오면서 염려스러운 얼굴로 당부했다.

"대가의 모습을 아직 드러내면 안 되는 것 아시죠?"

그녀는 설무검의 복수를 염려하고 있는 것이다.

설무검은 대답 없이 빠르게 낭하를 걸어갔다.

은자랑의 말이 맞다. 설영을 구하려다가 자칫 설무검의 존재가 드러나게 되면, 장차 단해룡의 세력을 상대하는 데 큰 걸림돌이 될 것이다.

아니, 복수 자체가 물거품이 돼버릴 수도 있다.

지금 현재 단해룡의 세력이 태산이라면, 설무검의 세력은 작은 언덕에 불과할 뿐이다.

설무검에게 있어서 가장 큰 유리함은 단해룡 쪽에서 그의 존재를 전혀 모르고 있다는 사실이다.

옛말에 이르기를, 어둠 속에서 찔러오는 창은 피하기 어렵다고 했다. 그러니 그런 유리함을 잃는 것은 모든 것을 포기해야 함을 의미할 수도 있다.

"랑아, 영아의 위치를 수시로 내게 알려다오."

설무검은 그 말을 끝으로 지란루를 나갔다.

그에게 아무 탈 없는 아우 설영을 만나는 일보다 중요한 것은 없다.

설무검이 가고 난 후에도 은자랑과 한효령은 그 방에 남아서 탁자를 마주하고 앉아 있었다.

이미 백봉령루 전체에 장도명, 특히 그와 녹림의 관계에 대해서 터럭만 한 것이라도 놓치지 말고 샅샅이 조사하라고 명령을 내려놓은 상태다.

이제 두 사람이 할 일은 보고를 기다리고 나서 장도명의 사지를 자르는 일이다.

지금 두 사람은 한 가지 의문점, 즉 설영에게 낙영루를 소개해 준 태무라는 친구가 대체 누군가 고심하고 있었다.

낙영루에 대해서도 자세히 조사하라고 지시를 해두었으니 잠시 후면 보고가 들어오겠지만, 태무가 누구인지 의문을 풀어주기에는 미흡할 것 같았다.

낙영루는 제법 큰 규모의 기루이면서도 신기할 만큼 봉황단의 손길이 전혀 미치지 않았다.

"언니."

그때 그쪽의 긴 의자에 눕혀놓았던 은리가 언제 깨어났는지 몸을 일으키면서 은자랑을 불렀다.

"태무가 누군지 궁금한 거예요?"

은자랑과 한효령의 귀가 번쩍 뜨였다.

"네가 태무를 아니?"

"네."

은자랑의 물음에 은리는 고개를 끄덕인 후 두 사람 사이에 앉으며 곰곰이 생각하는 듯한 표정을 지었다.

"태무는 혈월단주 장도명의 제자예요. 영 오라버니와 태무는 친구 사이예요."

잠을 자다가 언제 깼는지는 몰라도, 은리는 설무검과 은자랑의 대화를 어느 정도 들었던 모양이다.

설영이 금호방주 암살 후에 낙영루에 은신했으며, 장도명이 설영을 단해룡에게 넘겼다는 말을 듣지 않고서는 지금과 같은 말을 할 수 없었다.

"혈월단주는 몇 달에 한 번씩 신봉각에 올 때마다 제자인 태무를 데리고 왔었는데, 영 오라버니가 검풍루에서 나오는 날과 우연히 일치하게 되면 그를 데리고 제 방에 와서 함께 놀곤 했어요."

"태무는 어떤 사람이더냐?"

"어둡고 음침했어요. 그렇지만 순진한 성격이기도 하고, 그러나 무엇보다도 절대적으로 영 오라버니를 좋아했어요."

그다음 말은 듣지 않아도 될 듯했다.

은자랑의 추리는 대충 이러했다.

악양을 떠난 설영과 정미는 낙양으로 가는 도중에 우연히 태무를 만났다.

살행의 일정은 해당 살수에게 어느 날 갑자기 전해지기 때문에 설영이 자신에게 하달된 살행에 대해서 미리 알고 태무와 만나기로 약속하지는 못했을 것이다. 그러므로 우연한 만남이었던 것이 분명하다.

은자랑은 이를 갈 듯이 나직이 중얼거렸다.

"태무라고?"

그녀는 태무가 설영의 친구라는 사실을 믿지 않았다.

장도명은 단해룡의 책사가 되기 위해서 오랫동안 치밀한 계획을 세웠을 것이다.

놈이 봉황단, 아니, 사령단에서 굽실거리며 개 노릇을 한 것도, 제자 태무를 설영에게 접근시킨 것도 모두 단해룡의 책사가 되기 위한 사전의 치밀한 포석이라고 판단했다.

그렇지만 장도명이 무엇 때문에 기를 쓰고 단해룡의 책사가 되려고 하는지에 대해서는 아는 것도 없었고, 터럭만 한 실마리조차 없었다.

그러나 한효령은 은자랑과는 조금 다른 생각을 했다.

그녀는 설영을 잘 알고 있다. 그녀가 아는 설영은 아무나 덥석덥석 믿는 아둔패기가 아니다.

그가 태무를 친구로 인정하고 은리의 방에까지 데리고 갔을 때에는 그만한 신뢰가 형성됐기 때문일 것이다.

그래서 낙양으로의 살행을 떠난 설영을 우연히 만난 태무는 선의로 설영에게 은신할 장소를 제공했는데, 장도명이 그것을 악용하여 설영을 제압, 단해룡에게 상납했을 것이라고 비교적 정확하게 유추를 했다.

*　　　*　　　*

안휘성 태화현(太和縣).

서북쪽에서 동남쪽으로 흘러 회하로 유입되는 강 가노하(賈魯河) 중류에 태화현이 위치해 있고, 그곳에서 사십여 리 하류에 부양현이 있다.

자정이 넘은 깊은 밤.

태무는 강가에 난립해 있는 바위 옆에 모닥불을 피워놓고 가부좌로 앉아 운공조식을 하고 있었다.

그가 객잔에서 편하게 쉬지 않는 데에는 그럴 만한 이유가

있다. 설영에게 무슨 일이 생겼을 경우 조금이라도 빨리 달려
가기 위해서다.

한 시진 전에 계명성 수하로부터 받은 보고에 의하면, 설영
은 이곳에서 사십여 리 거리에 있는 부양현의 객잔에서 쉬고
있다고 했다.

악양으로 가는 길을 수천 리나 돌아가는 중이기 때문에 중
천무림의 추적은 전혀 없는 상태였다.

설영 일행은 며칠 전까지만 해도 추적에 대한 경계를 늦추
지 못하고 산 속에서 불도 지피지 않은 채 노숙을 하며 딱딱
한 건량을 씹어 먹어야만 했었다.

하지만 이제는 웬만큼 안심한 듯 편안하게 객잔에서 휴식
을 취하고 있었다.

설영이 편하다면 태무 역시 편했다. 자신이 어떤 상황이라
도 말이다.

태무가 설영 앞에 나타나지 않는 이유는, 낙화귀가 설영
을 제압하고 장도명이 낙성검가에 넘겼기 때문이 아니었
다.

믿었던 수하와 어버이 같은 사부가 하나뿐인 친구를 지옥
같은 함정으로 밀어넣었다.

그렇기 때문에 태무는 그 죗값을 언제라도 설영에게 달게
받을 각오를 갖고 있다.

하지만 지금은 설영을 안전하게 검풍루로 귀환하게 만드는 것이 유일한 목적이다.

그런데 태무가 설영과 함께 행동한다면 그만큼 시야가 좁아지거나 태만해진다.

그렇게 되면 혹시 있을지도 모를 외부에서의 공격을 사전에 감지하지 못할 수도 있는 것이다.

태무가 설영에게 나서지 않는 이유는 오직 그것뿐이었다.

"후우……."

태무는 연속 삼 회의 운공조식을 마치고 긴 한숨을 토해내며 천천히 일어섰다.

"성주(星主), 속하 오극(吳克)입니다."

그때를 기다렸다는 듯이 전음이 들려왔다.

성주란 태무의 사조직인 계명성의 성주를 말하는 것이고, 오극은 계명성 일로주(一路主)의 이름이다.

"무슨 일이냐?"

"단주께서 타고 계신 마차가 북쪽 이십여 리 지점에 당도하고 있습니다."

'사부님께서?'

태무는 움찔 놀랐다.

낙양에 있어야 할 사부 장도명이 느닷없이 이곳에 나타나

다니, 전혀 예상하지 못했던 일이었다.

일로주와 그의 수하 열 명은 암중에서 태무를 호위하는 것이 임무이기 때문에, 그에게 장도명이 왜 오는지를 물어봐야 소용이 없다.

문득 불길한 예감이 태무의 머리를 스쳤다.

'혹시, 영아 때문에?'

설영을 잡으려고 혈안이 되어 있는 그가 한가하게 여기까지 놀러왔을 리가 없다.

그가 어떤 방법을 썼든, 설영의 행방을 알고 추적해 온 것이 분명했다.

어쩌면 암중에서 태무가 설영을 돕고 있다는 사실까지 알고 있을지도 모른다.

강을 향해 장승처럼 묵묵히 서 있는 태무의 얼굴이 복잡하게 일그러졌다.

태무는 만약 이런 상황이 닥치면 자신은 누굴 선택해야 하는지에 대해서 얼마 전에 잠시 갈등한 적이 있었다.

그렇지만 그 당시에는 어떤 결정을 내리지 못했었다.

그런데 막상 닥치니까 이것저것 생각할 것도 없이 결정을 내릴 수가 있었다.

무조건 설영을 돕는 것이었다.

"일로주, 즉시 내 친구에게 알려라. 최대한 빨리 그곳을 벗어나서 도주하라고."

어둠 속에 은둔해 있는 일로주가 공손히 대답했다.

"명을 받듭니다."

"내 이름으로 알리도록."

"알겠습니다."

강둑 근처에서 미약한 파공음이 들려오는 것 같더니 빠르게 점차 멀어졌다.

친구란 설영을 가리키는 것이다.

그리고 태무가 굳이 자신의 이름으로 설영에게 경고를 보내라고 한 데에는 그만한 이유가 있다.

설영은 태무와 계명성이 암중에서 자신을 호위하고 있다는 사실을 전혀 모르고 있다. 그런데 태무가 갑자기 신분을 밝히지도 않은 채 경고를 할 경우, 설영에게 혼란을 줄 수도 있기 때문이다.

그런 상황이 닥치면 설영은 필경 적잖이 놀랄 것이다.

그리고는 이 사실을 믿어야 할지 말아야 할지, 또는 주변에서 누군가 자신들을 감시하고 있었다는 사실을 뒤늦게 깨닫고는 잠시나마 판단력이 흐려질 수도 있다.

최악의 경우, 도주하지 않고 오히려 경고한 사람을 찾아내려고 시간을 허비하게 될지도 모른다.

그런 것들을 미연에 방지하기 위해서 태무는 자신의 이름을 밝힐 수밖에 없었다.

설영이 여전히 태무 자신을 친구로 생각하고 있기를 바라면서 말이다.

第七十二章
낭보(朗報)!

부양현.

번화한 거리에서 뚝 떨어진 현 외곽에 위치한 평범한 객잔의 어느 객방.

그곳 침상 위에는 희한한 광경이 벌어져 있었다.

세 명의 아름다운 여자가 한 침상 위에서 서로 꼭 끌어안은 채 곤하게 잠들어 있었다.

아니, 사실 세 사람은 한 명의 남자와 두 명의 여자다.

복판에 여자보다 더 아름다운 설영이 누워서 양팔로 단소예와 정미를 안고 있었다.

그녀들은 각기 설영의 어깨를 베고 그를 꼭 끌어안은 채 더 이상 편할 수 없는 자세와 표정을 하고 있었다. 또한 입가에는 행복한 미소가 머금어져 있었다.

단소예와 설영은 연인이다.

정미는 그들이 굳이 설명을 하지 않았어도 두 사람의 행동에서 이미 그런 사실을 감지했다. 그런 것을 모를 정도로 바보는 아닌 것이다.

하지만 그녀는 자신과 설영은 그것 이상의 관계라고 확신하고 있었다.

사랑, 그리고 연인은 물론 중요하다.

그렇지만 그보다 더 중요한 것이 사람의 생사(生死)이며, 정미는 자신과 설영이 생사를 초월한 동료이고, 동시에 동반자라고 굳게 믿고 있다.

또한 그녀는 설영도 자신을 그런 존재로 인정하고 있을 것이라고 믿고 있었다.

단소예는 자신과 설영의 연인 관계를 정미가 인정하듯이, 설영과 정미의 그런 특수한 관계를 인정했다.

그렇기 때문에 한 침상에서 두 여자가 한 남자를 공유한 채 자고 있는 현실이 가능한 것이다.

물론 두 여자는 서로를 조금도 질투하지 않았다.

자신들이 설영을 공유하고 있다는 사실을 인정하고 있기

때문이고, 설영의 각기 다른 영역을 차지하고 있다 믿고 있기 때문이다.

사실 이 세 사람은 보통 사람들은 쉽사리 이해하지 못할 특이한 관계의 구도를 갖고 있다.

서로 얽히고설킨, 그리고 생사를 초월한 매우 끈끈한 관계인 것이다.

침상에서 약간 떨어진 바닥에는 철염 혼자 맨바닥에 이불을 덮은 채 자고 있었다.

팍!

탁!

그때 갑자기 캄캄한 실내의 고요함을 깨뜨리는 작지만 각기 다른 두 종류의 소리가 연이어 터졌다.

순간 설영이 제일 먼저, 그다음에 단소예와 정미, 철염이 거의 동시에 번쩍 눈을 뜨는 것과 동시에 침상을 박차고 몸을 날렸다.

네 사람 모두 옷을 모두 입은 채 자고 있었으며, 머리맡에 놔둔 검을 집어 든 것은 당연하다.

설영과 철염은 최초의 소리가 들려온 창으로, 단소예는 방문으로, 정미는 실내 한복판에서 자세를 낮춘 채 재빨리 실내를 둘러보며 살폈다.

마치 수십 번 이런 상황을 연습한 것처럼 일사불란한 행동이지만, 연습은커녕 처음 있는 일이었다.

방문과 실내는 아무런 이상이 없었다.

잠시 후, 설영과 철염은 창에 조그만 구멍이 뚫려 있는 것을 발견하고, 조심스럽게 창으로 다가가서 양옆에 바짝 붙어 창을 살짝 열고 밖을 살폈다.

어둠에 잠긴 대로와 양쪽 대로변 지붕 위에는 아무도 없었고, 아무 소리도 들리지 않았다.

설영은 공력을 끌어올려 청력을 극대화시켰다.

그러자 북쪽으로 점차 멀어지는 흐릿한 파공음이 들렸다. 파공음으로 미루어 일류고수 정도의 수준이었다.

설영은 그자가 창에 구멍을 냈을 것이라고 판단했다. 그렇지만 즉시 추격하지는 않았다. 이것이 자신들을 넓은 곳으로 끌어내려는 유인책일 수도 있다고 판단한 것이다. 그래서 섣불리 추격했다가는 자칫 함정에 빠져 돌이킬 수 없는 위험을 초래할 수도 있다.

"영아, 여기."

그때 실내를 살피던 정미가 한곳으로 다가가면서 설영을 불렀다.

구멍이 뚫린 창에서 일직선인 맞은편 벽에 한 자루의 작은 비수가 꽂혀 있었다.

정미는 비수를 뽑지 않고 설영이 다가올 때까지 기다렸다.

사람은 둘만 모여도 우두머리가 있어야 한다.

이들 네 명의 우두머리는 당연히 설영이다. 그의 명령이 있기 전에는 어떤 행동도 해서는 안 된다.

그의 신분 때문이 아니다. 그가 총명하고 강하다는 사실을 모두 인정하기 때문이다.

설영은 이불 끄트머리의 천을 약간 찢어 그것으로 손을 감싸고 비수를 뽑았다.

혹시 비수에 독이 발라져 있을지도 모르고, 그럴 경우 독에 대해서 아무것도 모르는 설영 일행으로서는 낭패를 당하고 말 것이다.

비수를 뽑아야 하는 것은, 거기에 좁게 접힌 서찰이 묶여져 있었기 때문이다.

북쪽 오십 리 근처에 추격대가 출현. 곧 부양현에 도착할 것임. 추격대는 사부가 이끌고 있다. 즉시 도주하기 바람.

태무(泰武).

'태무가?

설영은 서찰에 적혀 있는 태무라는 이름 때문에 적잖이 놀랐다. 난데없이 그가 위험을 알려주리라고는 전혀 예상하지 못했던 것이다.

“이자식, 또 무슨 꿍꿍이 수작이지?”

옆에서 함께 서찰을 읽고 난 정미가 눈을 세모꼴로 뜨면서 날카롭게 말했다.

“이자식 말 믿지 마. 이놈 때문에 우리가 그 고생을 했던 거잖아. 알았지?”

정미가 설영을 보며 걱정스럽게 말했다.

“출발한다.”

설영은 능숙한 동작으로 검을 어깨에 묶으면서 방문으로 빠르게 다가갔다.

그가 결정한 이상 돌이킬 수 없다는 것을 정미나 단소예는 잘 알고 있다.

그렇지만 그가 오기나 억지로 그러는 것이 아니라 충분히 생각하고 내린 결정이라고 믿었다.

네 사람은 이곳까지 줄곧 타고 왔던 마차를 버리기로 결정하고, 간단한 행낭만을 꾸려 등에 멘 채 전력을 다해서 밤길을 달리기 시작했다.

‘태무 이 녀석, 낙양에서부터 줄곧 따라왔었군.’

결국 그렇게 생각한 설영은 가슴이 훈훈해졌다. 물론 그는 자신과 정미가 태무 때문에 낙성검가에 잡혀갔다고는 생각하지 않았다.

태무가 낙화귀를 소개했기 때문에 벌어진 일인 것만은 사실이지만, 그는 좋은 의도, 즉 우정을 베풀었을 뿐이라고 믿는 것이다.

결과가 나쁘게 났다고 해서 좋은 의도로 호의를 베푼 사람을 원망해서는 안 된다는 것이 설영의 생각이었다.

네 사람은 부양현을 벗어나 네 마리 밤 까마귀처럼 관도를 쏘아갔다.

단소예와 정미가 양쪽에서 그의 팔을 꼭 붙잡고 있었으며, 그 뒤를 철염이 바짝 따랐다.

단소예와 정미는 설영에게 의지해서 달리는 것이 아니라 그저 그와 떨어지지 않으려는 습관 같은 것이었다.

죽는 순간까지라도 설영을 놓치지 않을 것처럼.

그들이 가고 있는 방향은 서쪽이었다.

태무는 원래 있던 강변을 떠나지 않고 있다가 그곳에서 장도명을 맞이했다.

숯불이 발갛게 익고 있는 모닥불 가에 장도명이 앉아 있고, 그 맞은편에 태무가 공손히 서 있었다.

"그놈은 어디에 있느냐?"

장도명은 조금도 서두르지 않으면서 막대기로 모닥불을 쑤석거리며 조용히 입을 열었다.

그는 태무를 보지 않고 자신이 쑤석거리고 있는 숯불을 주시하고 있었다.

빨간 숯덩이가 깨지면서 깨알만 한 반딧불이 같은 수많은 불꽃이 하늘로 피어올랐다.

그는 태무에게 무엇 때문에 이곳에 있느냐는 등의 쓸데없는 질문을 하지 않았다. 그저 곧바로 설영의 행방을 물었다. 그것은 이미 다 알고 있다는 뜻을 내포하고 있었다.

"부양현 객잔에 있었습니다."

"있었다? 그렇다면 지금은 그곳에 없다는 것이냐?"

"그럴 것입니다."

"내가 오고 있다는 것을 네가 그놈에게 알려주었느냐?"

"그렇습니다."

태무는 장도명에게 거짓말을 하지 않는다.

그는 장도명을 사부로 모신 이후 아무리 작은 거짓말이라도 한 적이 없었다.

그는 장도명의 엄격한 교육 덕분에 웬만한 유생을 능가하는 학문을 지니고 있다.

더구나 장도명은 그 무엇보다도 효(孝)를 중시 여긴다.

장도명이 입버릇처럼 자주 말하는 문구 중에 '사부를 섬기는 도리는 부모를 섬기는 것과 같다[事師之道如父一體]'라는 것이 있다.

태무에게는 부모가 없으니, 효란 곧 장도명에게의 효도를 말하는 것이다.

태무는 장도명이 무슨 벌을 내리더라도 기꺼이 감수할 각오를 갖고 있었다.

"그놈은 어디로 갔느냐?"

"모르겠습니다."

전혀 사제지간 같지 않은 문답이 한동안 오가다가 뚝 끊어지고 잠시 침묵이 흘렀다.

슥—

"너는 본단으로 돌아가서 대기하고 있어라."

이윽고 장도명은 막대기를 모닥불 위에 내던지고 나서 천천히 일어섰다.

태무의 표정이 움찔 굳어졌다.

장도명은 설영을 잡는 일에 태무가 방해될까 봐 미리 조치를 취해놓는 것이었다.

"왜 대답이 없느냐?"

강둑 위에 세워져 있는 마차로 걸어 올라가던 장도명이 뒤돌아보면서 힐책했다.

"알겠습니다."

태무는 곧 깊숙이 허리를 굽혔다.

장도명이 마차에 당도하자 문이 자동으로 열렸다. 안에서 누군가 열어준 것이다.

태무가 고개를 들고 쳐다보자 마차 안에서 한 명의 붉은 옷을 입은 요염한 여인이 장도명을 끌어안듯이 잡고 마차 안으로 끌어당기고 있었다.

그녀는 문을 닫으려다가 태무와 시선이 마주치자 한쪽 눈을 찡긋하면서 빨간 혀를 길게 내밀어 자신의 입술을 핥는 선정적인 행동을 취해 보였다.

그녀는 장도명의 심복인 동시에 그의 애첩인 호신오월의 우두머리 홍월이었다.

태무는 무표정하게 홍월을 주시했다.

문이 닫히고, 마차가 움직이기 시작하자 태무는 공손히 허리를 굽혔다.

태무는 장도명에게 한 번도 거짓말을 한 적이 없는데다 그의 명령을 거역한 적도 없었다.

그러나 이번만은 장도명을 거역하리라 생각했다.

장도명이 설영을 잡으러 가는 것을 뻔히 보고만 있을 수 없는 것이다.

설영 일행은 부양현의 객잔을 나와 한순간도 쉬지 않고 밤새 달렸다.

그래서 동틀 녘에는 서쪽으로 팔십여 리 거리에 있는 임천현(臨泉縣)을 지척에 둔 곳까지 도달해 있었다.

봉황단 백봉령루에서 보낸 비합전서가 설영에게 당도한 것은 바로 그때였다.

설영이 낙양을 떠난 이후 백봉령루와 처음 연락이 닿은 것은 이틀 전이었고, 그때부터 하루에 두 차례씩 비합전서를 교환해 오고 있었다.

설영은 벼를 다 베어버린 드넓은 논 여기저기에 높이 쌓여 있는 곡퇴(穀堆:볏가리) 아래에서 잠시 휴식을 취하기로 하고 비합전서의 서찰을 읽었다.

영아, 현재 장도명이 너희를 추격하고 있단다. 그러니까 지금 즉시 서쪽으로 출발하여 당하에 도착, 그곳에서 방향을 북상해서 낙양으로 돌아와라.

너의 형(兄). 즉, 설무겁 대가께서 너를 마중하러 이미 출발하셨으니, 되도록 당하를 거쳐서 북상하는 길을 벗어나지 말도록 해라.

또한 관도를 버리고 반드시 산행(山行)을 하기 바란다.

은자랑(銀紫琅).

설영은 엄청난 충격을 받았다.

그의 시선은 서찰에 고정되어 있었지만 아무 글자도 보이지 않았다. 그저 눈앞이 부옇게 변했고, 귀에서는 윙윙 수레

바퀴 굴러가는 소리가 요란하게 들렸다.

"이게 무슨 소리야? 영아, 너에게 형이 있었어?"

설영의 어깨 너머로 서찰을 같이 읽던 정미가 적이 놀라는 얼굴로 물었다.

"형 이름이 설무검이야? 그런데 널 마중하러 온다는 거야? 야아! 어떻게 생겼을까, 영아네 형!"

설영은 시끄럽게 종알거리는 그녀의 소리마저도 하나도 귀에 들어오지 않았다. 멀리 산에서 부엉이가 우는 소리처럼 아련하게만 들렸다.

"형이라니……."

한참 만에야 그는 넋이 나간 사람처럼 중얼거렸다.

서찰 말미에 '은자랑'이라는 이름이 적혀 있는 것으로 미루어 이 서찰은 봉황단주 은자랑이 직접 보낸 것이 분명했다.

하지만 그녀가 장난으로 비합전서를 보냈을 리 없고, 허언을 할 이유는 더욱 없다.

'그렇다면 이것은?'

갑자기 설영은 가슴이 거센 소리를 내며 뛰기 시작했고, 온몸이 마구 떨렸다.

'아아, 형님이 살아 계시다니…….'

이유야 어찌 되었든, 그리고 그간의 사정이야 어찌 되었든

서찰에는 분명히 형 설무검이 살아 있다고 적혀 있었다. 믿을
수밖에 없는 일인 것이다.

"영랑(英郎), 대가께서 살아 계시다니 정말 꿈만 같아요."

설영 곁에서 서찰을 읽고 있던 단소예가 눈물을 글썽이며
그를 바라보았다.

설영만큼은 아니지만 그녀 역시 설무검의 생존 소식에 가
슴이 터질 정도로 기뻤다.

그녀는 언제부터인가 설영을 영랑이라고 호칭하고 있었
다. 여자가 남자에게 흔히 부르는 가가나 대가가 아닌, 남편
이나 정인(情人)을 뜻하는 랑(郎)이라는 호칭을 그의 이름 뒤
에 붙인 것이다.

정미는 설무검이 누군지 모르지만, 단소예는 누구보다 그
를 잘 알고 있다.

그녀의 오라비 단해룡과 설무검 사이에 무슨 배신과 반목
같은 것이 있었는지는 그리 중요하지 않았다.

그저 자신을 귀여워해 주었던 설무검이 살아 있으며, 이제
는 설영이 더 이상 외톨이 고아가 아니라는 사실만이 한없이
기쁠 따름이었다.

한쪽 옆에 서 있던 철염은 아직 서찰을 읽지 못했지만, 정
미와 단소예의 말을 듣고 대충 무슨 내용인지 짐작하고는 얼
굴 가득 믿을 수 없다는 표정을 떠올렸다.

철염은 넋을 잃은 듯 망연자실 서 있는 설영의 손에서 바닥
으로 흘러내린 서찰을 집어서 읽었다.

"영아, 그런데 은자랑이 누구지?"

검풍루밖에 모르는 정미가 의아한 얼굴로 물었다.

"봉황단주야."

"봉황단?"

강호의 물정에 대해서 잘 모르는 정미가 봉황단을 알 리가
없었다.

"신봉각주."

"그래? 이 서찰이 신봉각주가 직접 보낸 거란 말이지?"

정미는 눈을 휘둥그레 뜨며 놀라워했다. 그녀는 검풍루가
신봉각에 속해 있다는 것쯤은 알고 있었다.

며칠 전부터 받아본 비합전서들은 백봉령루의 이름으로
왔으며, 은자랑이 서찰을 직접 보내기는 처음인 것이다.

"그런데 신봉각주가 네 형을 어떻게 알고 있는 거지?"

정미는 궁금한 것이 너무 많았다.

"그건 나도 모르겠어. 하여튼 지금은 서두르자."

설영은 형 설무검을 만날 수 있다는 생각 때문에 잠깐 쉬는
시간마저도 아까웠다.

네 사람은 엉덩이를 붙일 새도 없이 다시 일어나 서쪽을 향
해 달리기 시작했다.

"영랑, 결국 태무라는 사람의 경고가 옳았군요."

달리면서 단소예가 총명한 눈을 깜빡이며 입을 열었다.

태무의 경고가 있어서 설영 등은 부양현의 객잔을 떠나 이 곳까지 왔다.

정미는 태무 같은 놈을 어떻게 믿느냐면서 처음부터 설영에게 항의를 했었다. 그렇지만 은자랑이 보낸 서찰은 태무의 경고가 옳았다는 사실을 증명하고 있다.

만약 태무의 경고가 없었더라면 설영 등은 아무것도 모르는 채 곤히 자고 있다가 추격자, 아니, 장도명의 급습을 받게 됐을 것이다.

그래도 정미는 할 말이 있는 듯 종알거렸다.

"장도명 놈, 혈월단이라는 해적의 두령이라면서? 그까짓 놈이 뭐가 무서워서 도망치는 거야? 기다렸다가 그놈을 죽여 버리고 나서 홀가분하게 가자, 응?"

정미가 장도명이라는 말만 들으면 분통이 터진다는 듯이 말했지만 설영의 생각은 달랐다.

설영은 자신이 장도명에 의해서 낙성검가에 넘겨지기 전까지는 그에 대해서 그다지 깊이 생각한 적이 없었다.

그러나 그런 일을 당하고 난 이후, 장도명에 대해서 생각하지 않을 수가 없었다.

그러나 많은 생각을 했지만 장도명에 대해서, 그리고 그의 세력에 대해서 알 수 있는 것은 그리 많지 않았다.

그가 해적 혈월단의 단주이며, 녹림계에도 상당한 영향력을 행사하고 있다는 것. 그리고 신봉각을 자주 방문했던 것으로 봐서는 봉황단하고도 연관이 있을 것이라는 정도다.

한 가지가 더 있다. 장도명이 낙성검가에서 무슨 일을 하고 있는지는 구체적으로 모르지만 그가 낙성검가에 집착하고 있다는 것, 결국 소기의 목적을 이루었을 것이라는 사실을 짐작할 수가 있다.

그런 장도명이 추격해 오고 있다면 무언가 믿는 구석이 있기 때문이다.

해적단의 두령이고, 녹림에도 영향력을 끼치고, 봉황단과도 연관이 있으며, 술수를 썼든 어쨌든 낙성검가에도 드나드는 인물이라면, 결코 만만한 상대가 아닌 것이다.

설영은 냉정하려고 애썼다.

형이 살아 있다는 사실을 알게 된 이후부터 그는 감정이 격해져서 자제력을 잃고 있는 자신을 발견했다.

이성을 잃으면 안 된다고 스스로 채찍질을 가해보지만 그게 쉽지가 않았다.

그러나 한 가지 사실만은 분명했다.

무슨 일이 있어도 형 설무검을 만나야 한다는 것. 그러기 위해서는 조심에 조심을 기해야만 한다.

“소가주, 저길 보십시오.”

그때 바짝 뒤따르고 있는 철염이 긴장된 어조로 말하면서 뒤쪽의 하늘을 가리켰다.

설영은 철염의 손가락 끝이 가리키는 곳을 올려다보았다.

하늘 높은 곳에서 한 마리 새가 빙빙 크게 원을 그리면서 날고 있는 것이 보였다.

“아까부터 이상하게 여겨서 지켜봤는데, 우리 머리 위에서만 맴돌고 있는 것 같습니다.”

일행이 모두 멈춰 서 하늘을 보고 있는데 철염이 굳은 얼굴로 설명했다.

설영은 안력을 한껏 돋우어 새를 쏘아보았다. 그것은 황금색의 한 마리 매였다. 그는 조류에 대해서 전문적인 지식은 갖고 있지 않지만, 하늘을 빙빙 선회하는 것은 독수리나 솔개 정도지 매는 아니라고 알고 있다.

“우릴 감시하는 것 같아.”

정미가 매를 날카롭게 쏘아보았다.

맹금류의 한 종류인 매가 사람을 감시한다는 말은 들어본 적이 없었다.

하지만 지금은 무엇이라도 의심을 해야만 하는 상황이라서 그냥 넘어갈 수가 없었다.

“일단 달려보는 게 좋겠어요. 우리를 감시하는 것이라면,

매가 따라올 거예요.”

단소예의 제안이 옳았다. 확인을 하면 될 일이다.

일행은 다시 달리기 시작했다.

달리면서 설영이 고개를 돌려 허공을 쳐다보자 아니나 다를까 한자리에서 선회비행만 하고 있던 매가 따라오고 있는 것이 보였다.

그렇게 오 리쯤 달렸는데도 매는 계속 따라왔다. 더 이상 확인할 것도 없이 매가 설영 일행을 감시하고 있는 것이 분명했다.

그들은 다시 멈출 수밖에 없었다.

“어쩌죠?”

머리 위에서 선회하고 있는 매를 향해 정미가 힘껏 돌멩이 하나를 던지는 것을 보면서 단소예가 걱정스러운 얼굴로 설영에게 물었다.

돌멩이는 매가 날고 있는 칠팔십여 장 높이까지 이르기는 했지만 속도가 현저히 떨어졌고, 방향이 많이 달라서 매를 맞추지 못했다.

오히려 정미가 돌팔매질을 하는 바람에 놀란 매를 더 높이 솟구치게 만들었다.

때마침 설영도 돌멩이를 던져 매를 맞춰서 떨어뜨려 볼 생각으로 적당한 돌멩이를 고르고 있다가 그 광경을 보고는 단

넘하고 몸을 일으켰다.

"어떻게 하지?"

단소예에 이어서 이번에는 정미가 착잡한 얼굴로 뇌까렸다.

"저 정도 높이면 멀리에서도 보일 텐데……."

이 근처는 산이 없는 평야지대다. 매가 백여 장 높이에서 날고 있다면 십여 리 밖에서도 보일 것이다.

꾸아악!

그때 갑자기 네 사람 머리 위에서 괴성이 터졌다.

올려다보니 매가 날개를 퍼덕이면서 연속해서 울음을 터뜨리고 있었다.

마치 누군가에게 신호를 보내는 듯했다.

매의 모습이 보이는 것은 십여 리겠지만, 매의 울음소리는 그보다 훨씬 멀리에서도 들릴 터이다.

"매를 보낸 사람이 누구든, 그 뒤에는 장도명이라는 사람이 있겠죠?"

단소예가 초조한 얼굴로 묻자 설영은 고개만 끄덕여 대답을 대신했다.

"장도명 이놈을 잡으면 사지를 찢고 눈과 혀까지 뽑아버리고 말겠어!"

정미가 분통이 터지는 듯 매를 향해 주먹질을 해대며 씨근거렸다.

설영은 초조해졌다. 눈으로 빤히 매를 보고 있으면서도 도무지 대책이 서지 않았다.

제아무리 경공의 대가라고 해도 매보다 빠를 수는 없다. 장애물이 많은 지상과 뻥 뚫린 하늘은 다르다. 기를 쓰고 달아나 봐야 부처님 손바닥 안에서 노는 손오공 신세일 뿐이다.

그렇다고 이대로 가만히 서서 장도명이 오기를 기다릴 수는 없는 노릇이다.

"일단 가자."

설영은 일행을 독려하여 다시 달리기 시작했다.

장도명이 매를 띄워 설영 일행을 감시하고 있다는 것은 매를 눈으로 보거나 매의 울음소리를 들으면서 이곳을 향해 달려오고 있다는 뜻이다.

그러므로 설영 일행은 아무런 대책이 없다고 해도 가만히 서 있는 것보다는 기를 쓰고 달려서 장도명으로부터 멀어지는 것이 조금이라도 시간을 더 벌어줄 것이다.

달리면서 무슨 수를 써서라도 매를 떨쳐 낼 방법을 궁리해 내야만 한다.

그렇게 달리기 시작한 지 다시 두 시진의 시간이 흘렀다.

매는 별로 심하게 날개를 퍼덕이지도 않으면서 유유히 설영 일행을 따르고 있었다.

설영 일행이 두 시진 전과 달라진 것이 두 가지 생겼다.

네 사람의 기력이 점점 저하되고 있다는 것과 초조함이 가중되고 있다는 사실이다.

둘 다 좋지 않은 일이었다.

아직 극도로 지친 상태는 아니지만 조만간 지치게 될 것이고, 그때는 장도명에게 덜미가 잡히게 될 것이라는 사실이 일행의 마음을 옥죄고 있었다.

"에잇! 저따위 하찮은 짐승 한 마리 때문에 인간이 네 명씩이나 꼼짝을 못하다니!"

정미는 달리면서도 분을 삭이지 못했다.

순간 정미의 말에 설영은 퍼뜩 뇌리를 스치는 한 가지 생각이 있었다. 그는 신형을 멈추면서 즉시 주위를 두리번거렸다.

설영이 멈추자 그의 팔을 잡고 달리던 단소예와 정미, 그리고 뒤따르던 철염은 자동적으로 멈추었다.

"영아, 뭘 찾는 거야?"

"모두들 매의 먹이가 될 만한 것. 꿩이나 비둘기 따위를 찾아보도록 해."

정미의 물음에 설영은 이곳저곳 돌아다니면서 대답했다.

"영랑, 저길 보세요."

그때 단소예가 한곳을 가리켰다.

그녀가 가리킨 곳은 십여 장쯤 떨어진 논바닥인데 대여섯 마리의 꿩들이 벼 이삭을 쪼아먹느라 정신이 없었다.

설영은 즉시 바닥에서 낟알 하나를 주워 중지를 구부려 그 위에 얹고 엄지로 누른 후 꿩들 중에서 한 마리 통통한 까투리를 겨냥했다.

핑!

그가 중지를 팅겨내자 낟알이 쏜살같이 겨냥한 까투리를 향해 쏘아갔다.

팍!

깨액!

낟알이 몸통에 적중된 까투리 한 마리가 펄쩍 뛰며 비명을 질렀다.

푸드드득!

그러자 다음 순간 놀란 꿩들이 일제히 하늘로 부산하게 날아올랐다.

모든 꿩들이 사방으로 흩어지면서 순식간에 멀리 날아갔지만, 낟알이 적중된 까투리는 날갯짓이 원활하지 못하여 허공중에서 비틀비틀 곡선을 그리면서 추락할 듯 말 듯 겨우 날고 있었다.

설영은 쏘아낸 낟알에 약간의 공력만 주입하여 까투리가 제대로 날지 못할 정도의 부상만을 입혔다.

매는 맹금류다. 즉, 사냥 본능이 무엇보다도 강하다. 또한

매가 주로 사냥을 하는 대상은 꿩이나 산비둘기, 메추라기 등
이다.

더구나 부상을 당한 사냥감은 매에게 발견될 경우, 절대 매
의 공격에서 벗어나지 못한다.

설영은 정미가 투덜거린 '하찮은 짐승' 이라는 말에서 영
감을 얻었다. 짐승을 길들인다는 것은 짐승의 본능을 인위적
으로 억제하는 것을 말한다.

그렇지만 아무리 짐승을 잘 길들인다고 해도 훈련으로 본
능을 완전히 없앨 수는 없다.

아니, 짐승은 인간의 훈련에 의해서 본능이 사라진 것이 아
니라 잠시 억제된 상태일 뿐이다. 그렇기 때문에 어떤 극적인
상황에 처하게 되면 본능이 드러날 수도 있는 것이다.

설영은 까투리 한 마리에게 가벼운 부상을 입혀서 날려 보
냄으로써, 훈련으로 억제된 매의 공격적인 본능을 일깨우려
는 것이었다.

설영은 오른손에 밤톨만 한 작은 돌멩이 하나를 움켜쥔 채
제대로 날지 못하고 비틀거리는 까투리의 아래쪽에서 바람처
럼 달리며 따라갔다.

그러나 까투리가 최초에 낱알을 맞은 곳으로부터 이십여
장이나 날아가고 있는 데도 매는 꼼짝도 하지 않은 채 선회비
행을 계속하고 있었다.

그즈음 단소예와 정미, 철염은 설영이 무엇을 하려는 것인지 알아차리고 손에 땀을 쥔 채 지켜보면서 기적이 일어나기를 빌었다.

그때 매가 갑자기 곤두박질치듯이 급강하하기 시작했다.

양 날개를 뒤로 꺾은 채 내리꽂히는 매의 속도는 뭐라고 설명하기 어려울 정도의 빠르기였다.

설영은 까투리의 오륙 장쯤 뒤를 따르면서 오른팔에 공력을 주입시켰다.

한 번에 성공시켜야만 한다. 실패하면 이 방법으로는 다시 매를 제거할 수 없을 것이다.

팍!

다음 순간 매가 까투리 바로 위에 이르자 날개를 활짝 펴면서 갑자기 속도를 줄였다.

아니, 속도를 줄이는 것과 동시에 날카로운 두 발의 발톱으로 까투리의 몸통을 찍듯이 거세게 움켜잡았다.

깨액!

까투리는 매에게서 벗어나기 위해서 필사적으로 퍼덕거렸고, 반면에 매는 놓치지 않으려고 더욱 힘주어 움켜잡았다. 매의 본능은 분명하게 되살아났다.

두 마리 새가 실랑이를 벌이는 사이에 잠시 체공하는 시간이 생겼다.

퍽!

순간 작은 돌멩이가 설영의 손을 벗어나 매를 향해 일직선으로 쏜살같이 쏘아갔다.

팍!

그리고는 매의 머리에 정확하게 적중하여 머리를 통째로 박살 내버렸다.

퍼덕퍼덕!

매는 머리를 잃고서도 날갯짓을 멈추지 않았고, 까투리의 몸통을 놓아주지도 않았기에 둘 다 논바닥으로 떨어져서 계속 퍼덕거렸다.

지켜보던 단소예와 정미, 철염은 안도의 한숨을 내쉬었다.

설영은 즉시 달려가서 양손으로 까투리와 매를 나누어 잡고는 강제로 떼어냈다.

설영이 까투리를 놓아주자 구사일생으로 겨우 살아난 까투리가 필사적으로 허공으로 날아올랐다.

설영은 머리를 잃은 채 힘없이 날갯짓을 하고 있는 매를 철염에게 넘겨주었다.

"철숙! 흔적을 남기지 말고 이걸 묻어줘."

第七十三章
필사적(必死的)

항주 근교 전당강(錢塘江) 강가의 야트막한 언덕 위.

벽암유석(碧巖幽石)의 풍취를 자아내는 한 채의 고풍스러운 장원이 자리 잡고 있었다.

바로 남천무림의 절대자인 남궁세가였다.

절대세가라고도 불리는 이곳은 지금 어둠 속에 고요하게 가라앉아 있었다.

"사해무적이 죽었다는 것인가?"

청삼을 입은 여덟 명의 중년 고수들, 즉 남천십탈(南天十奪)

이 호위하고 있는 어느 전각의 창에서 누군가의 굵고 묵직한 음성이 흘러나왔다.

"그렇습니다, 천주. 사해부에 있는 우리 쪽 세작이 그렇게 알려왔습니다."

고고한 한 마리 백학을 연상케 하는 삼십대 중반의 백삼인이 방금 전에 흘러나온 목소리와는 사뭇 다른 청아하고 맑은 음성으로 공손히 대답했다.

남궁세가의 가주인 남궁장천에 이어서 세가 내의 서열 이 위인 인물.

적멸수사(寂滅修士) 감한랑(坎翰郞).

남궁세가에서 가장 많은 직함과 신분을 갖고 있는 인물이 바로 그였다.

남궁세가의 책사이며, 총관, 그리고 매제이자 장로라는 신분이 그것이다.

어떻게 보면 남천무림에서 천주인 남천절보다 더 유명한 인물이 적멸수사일 것이다.

"믿기 어려운 일이로군. 검풍루의 살수 따위가 사해무적을 암살하다니……."

태사의에 깊숙이 몸을 묻은 채 중얼거리는 인물은 남천절인 남궁장천이다.

사십여 세의 나이. 깔끔하게 상투를 틀어 고급스러운 금비녀를 꽂았으며, 턱까지 이르는 검은 구레나룻과 코밑수염, 턱수염이 하나를 이루어 반 뼘의 길이로 잘 다듬어져 있는, 중후하면서도 후덕한 용모다.

일신에는 비단 백포에 두 마리 금룡(金龍)이 칭칭 감긴 듯한 모습이 살아 있는 듯 정교하게 수놓아진, 마치 천자(天子)의 용곤(龍袞)처럼 화려하면서도 근엄한 백포금룡곤을 입고 있었다.

"그래, 어떻게 죽었다고 하던가?"

"그것이 묘합니다."

천권신장(天拳神掌)이라는 굉장한 별호로 불리는 남궁장천이 궁금하다는 듯한 표정으로 묻자, 적멸수사 감한랑은 고개를 갸웃거렸다.

"무엇이 묘하다는 것인가?"

"사해무적은 자다가 죽었다는데, 시체를 남기지 않았다고 하는군요."

"시체가 없어?"

"네."

"어찌 그럴 수가 있지? 자넨 뭔가 짚이는 것이 없나?"

감한랑은 생각에 잠긴 듯한 표정을 지었다.

남궁장천은 그가 입을 열기를 기다리면서 검게 윤기가 흐르는 수염을 여유 있게 쓰다듬었다.

감한랑은 남궁장천의 물음에 대답을 하지 못한 적이 한 번도 없었다. 그는 도무지 막힘이 없는 사람이다. 무불통지(無不通知)란 바로 그를 가리키는 말일 것이다. 남궁장천이 무엇을 묻든, 그것이 아무리 난해한 것이든 상관없이 대답을 해왔다.

그리고 그의 대답은 언제나 정확했다. 한 치의 오차도 없으며, 일호(一毫)의 실수조차 없었다.

그래서 남궁장천은 감한랑을 더 이상 완전할 수 없을 정도로 신뢰하고 있었다.

일설에 의하면, 혹여 감한랑이 적의 사람이 될까 우려한 나머지 남궁장천이 부랴부랴 그를 자신의 여동생과 혼인시켰다는 소문이 나돌고 있을 정도였다.

내 수중에 있을 때에는 보물이었던 것이, 적의 수중에 들어가면 재앙이 되는 법이다.

남궁장천은 자신을 오늘날의 남천절로 만들어준 제일 공신인 감한랑을 흐뭇한 미소로 바라보며 기다렸다. 그는 이번에도 남궁장천을 실망시키지 않을 터이다.

"아무리 생각해 봐도 한 가지밖에는 없습니다."

감한랑은 필경 남궁장천에게 보고를 하러 오기 전에도 이 문제에 대해서 깊이 생각을 했을 텐데도 불구하고, 그의 앞에서 다시 한 번 생각하는 용의주도함을 보이고 있었다.

“그것이 뭔가?”

“혈마룡검입니다.”

굉장한 사실을 말하면서도 감한랑의 표정은 담담했다.

“전설의 그 흡혈검 말인가?”

오히려 남궁장천이 적이 놀라는 표정으로 물었다.

“그렇습니다.”

“틀림없나?”

감한랑의 말은 언제나 틀린 적이 없다는 사실을 잘 알고 있으면서도, 너무 엄청난 일이라 남궁장천은 그렇게 물을 수밖에 없었다.

“틀림없습니다.”

“음! 사해무적이 혈마룡검에 죽었다는 것인가?”

남궁장천은 턱을 괸 채 가볍게 이맛살을 찌푸리며 난감한 표정을 지었다.

혈마룡검은 무적검이라고도 한다. 또한 전설은 혈마룡검을 지닌 인물이 천하제일인이 될 것이라고 예언했다.

하늘 아래에 무림이라는 특수한 세계가 시작된 이래 수천 년이 흘렀지만, 여태껏 혈마룡검이 실제로 무림에 출현했던 적은 없었다.

그런데 그것이 현세에 출현했으니 남천절 남궁장천의 심사가 편할 리 없고, 자못 긴장하고 있는 것이다.

“심려하지 마십시오, 천주.”

감한랑은 남궁장천의 고민을 잘 안다는 듯 담담히 미소까지 짓는 여유를 보였다.

“심려하지 말라니, 혹시 자네에게 무슨 대책이라도 있는 것인가?”

“사해무적을 암살한 것은 검풍루의 살수입니다. 그것은 일개 살수가 혈마룡검을 지녔다는 뜻입니다.”

“그렇지.”

“혈마룡검을 지니고서도 살수 따위의 일을 하는 인물이라면 그리 염려하지 않으셔도 될 듯합니다.”

“그런가?”

남궁장천은 조금 마음이 놓이는 표정을 지었다.

감한랑의 미소가 조금 더 짙어졌다.

“그렇지만 혈마룡검은 언젠가는 반드시 제거해야 할 독소(毒素)입니다.”

“그렇네. 무림에 혈마룡검이 존재하고 있다는 사실을 알고 있는 한 나는 마음이 편치 못할 게야.”

감한랑의 미소는 언제나 그렇듯이 남궁장천의 마음을 푸근하게 해주었다.

“심려하지 마십시오. 혈마룡검을 지닌 인물이 검풍루 살수라는 사실을 알고 있으니 급한 일을 처리한 후에 손을 쓰겠습니다."

남궁장천은 가볍게 고개를 끄덕였다.

"그래, 혈마룡검을 없애야지만 마음이 놓이겠어."

감한랑이 총명하게 빛나는 눈으로 남궁장천을 쳐다보며 뜻밖의 말을 꺼냈다.

"천주, 혈마룡검은 희대의 명검입니다. 그것을 꼭 없앨 필요까지는 없다고 봅니다만."

"어째서?"

"이런 생각을 해보셨습니까?"

수심가지인심난측(水深可知人心難測).

옛말에 물의 깊이는 알 수 있으나, 사람의 마음속은 헤아리기 어렵다고 했다.

감한랑이 꼭 그랬다. 그가 무슨 생각을 하는지 남궁장천은 도무지 알 수가 없었다. 그러나 어쨌든 상관없다고 생각했다. 감한랑은 자신의 사람이므로.

"무슨 생각 말인가?"

"천주께서 혈마룡검의 새로운 주인이 되시는 것에 대해 어떻게 생각하십니까?"

"하아……."

남궁장천은 감한랑의 너무도 기발한 생각에 잠시 입을 열지 못했다.

"내가 혈마룡검의 새 주인이 된다……."

주인을 천하제일인으로 만들어주는 전설의 검을 갖게 된 다는 생각만 해도 심장이 뛰고 가슴이 벅차올랐다.

일단 그리 된다고 생각을 하니까 혈마룡검의 출현은 오히려 잘된 일이었다.

천하대계를 계획하고 있는 남궁장천 앞에 때맞춰서 나타나준 것이 아닌가.

"천주."

감한랑이 조용히 부르자 기분이 좋아진 남궁장천은 흐뭇한 얼굴로 고개를 끄덕였다.

"말하게."

"지금이 대계를 개시할 때입니다."

그 말에 남궁장천이 움찔하더니 온몸이 갑자기 돌덩이처럼 굳어졌다.

그는 잠시 침묵했다가 이윽고 묵직하게 입을 열었다.

"음, 그럼 계획대로 하는 것인가?"

"그렇습니다. 그동안 마권찰장(摩拳擦掌) 숨죽이면서 기다려 왔던 기회가 드디어 도래했습니다."

평소 냉정을 잃지 않는 감한랑마저도 지금은 얼굴이 은은하게 상기되었다.

"명령만 내리시면 즉시 결행하겠습니다."

남궁장천은 조금 전에 자신이 혈마룡검의 주인이 된다고 생각하던 때와는 또 다른 흥분으로 가슴이 심하게 요동치는 것을 느꼈다.

삼천무림 일통.

그 엄청난 대계를 시작하는 것이었다.

그리고 마침내 남궁장천의 입에서 나직하지만 힘찬 한마디가 흘러나왔다.

"시작하게."

*　　　*　　　*

이틀이 지났다.

설무검은 낙양에서 남쪽으로 사백여 리 거리인 조가진(趙家鎭)을 두 시진 전에 지나 조금 전에 막 당하(唐河)의 상류에 이르렀다.

당하는 남쪽으로 삼백여 리 정도 흐르다가 여러 강과 합쳐져 다시 한수(漢水)로 유입되는데, 그 중류쯤에 당하현이 위치해 있다.

은자랑은 얼마 전에 설영에게 보낸 서찰에 당하현에서 북상하여 낙양으로 오라고 구체적으로 지시했었다.

낙양에서 당하현까지의 거리는 사백오십 리.

설영이 출발한 안휘성 부양현에서 당하현까지는 삼백오십여 리 정도다.

낙양에서의 거리가 백여 리 정도 더 멀다.

설무검 일행이 설영 일행보다 조금 더 빠를 것이라고 감안한다면, 그들은 아마도 당하현 근처에서 만나게 될 것이라는 계산이 나온다.

설무검 일행은 낙양을 떠난 지난 이틀 동안 잠시간도 잠을 자지 않았다.

식사는 아침과 저녁 두 끼만 먹었으며, 두 시진을 전력으로 달린 후 반 시진 동안 쉬기를 반복하면서 줄곧 달려왔다.

마음 같아서는 한 끼도 먹지 않고, 한시도 쉬지 않고 싶었지만 일행이 있기에 그럴 수가 없었다.

드넓은 평야 한가운데를 유유히 흐르고 있는 당하의 강둑을 설무검 혼자 한줄기 바람처럼 쏘아가고 있다.

그는 형제들과 결사칠위, 그리고 곽정과 고선. 명한 등을 이끌고 낙양을 출발했다. 그렇지만 그들 중에 누구도 설무검과 함께 달리지 못하고 뒤로 처져 있는 상태였다.

만약 두 시진마다 한 번씩 휴식을 취하는 시간이 없었다면, 그들은 낙양을 출발한 이후 한 번도 설무검의 얼굴을 보지 못했을 것이다.

그때 설무검이 강둑 위에 우뚝 서 있는 거대한 버드나무 아래에 멈췄다.

당하현은 앞으로 십여 리 정도를 남겨둔 상태다.

그러니 이쯤에서 뒤처진 일행을 기다렸다가 백봉령루가 보냈을지도 모르는 비합전서를 읽어봐야 한다.

그래야지만 설영이 현재 어디에 있으며, 어떤 상황인지를 최종적으로 알 수 있게 된다.

부양현을 출발한 설영은 수시로 비합전서를 띄워 자신들의 현재 위치와 상황을 백봉령루에 알렸다.

백봉령루는 그것을 다시 설무검 일행에게 보내 설영의 상황을 알려주었다.

당하현에는 백봉령루에 속한 팔십오봉추 중 한곳인 월한루(月寒樓)가 있다.

부양현을 출발한 이후 설영이 보낸 비합전서는 모두 월한루를 통해 설무검에게 전해졌다.

그러므로 설무검과 설영의 거리가 가까워질수록 설무검이 비합전서를 받아보는 간격이 짧아져서 이제는 두어 시진 이내에 받아볼 정도가 되었다.

설무검은 하늘을 올려다보았다.

몇 마리 새들이 이리저리 날고 있었지만 전서구로 사용하는 비둘기는 보이지 않았다.

설영은 쫓기는 몸이니 당하현 같은 번화가로 들어가지는

않을 것이다.

그가 어디에 있는지 정확하게 알고 나서 설무검이 움직여야지, 그렇지 않으면 어긋나고 만다.

설무검은 마음이 조급했지만 서두르지 않았다. 그는 천성적으로 침착한 성격이고 경험이 풍부하기 때문에 이런 상황에서 어떻게 해야 하는지를 잘 알고 있다.

그는 연두색 새순이 돋아나고 있는 버드나무 아래에 가부좌로 앉아 운공조식을 하기 시작했다.

두 차례 연이어 운공을 하고난 설무검은 천천히 눈을 뜨고 주변을 둘러보았다.

운공을 하기 전과 변한 것이 없었다. 비합전서도, 양궁표 등도 아직 당도하지 않았다.

그는 일어나서 당하현 쪽을 쳐다보았다.

저기 어디쯤에 아우 설영이 있다. 그렇지만 무작정 달려갈 수는 없다. 아우가 어디에 있는지, 어떤 상황인지를 알아야 준비를 할 수 있는 것이다.

그때 당하현 쪽 하늘에 하나의 작은 점이 나타나더니 점점 커져 이윽고 한 마리 전서구의 모습이 나타났다.

혹시 설영이 전갈을 보내지 않은 것이 아닌가 생각하고 있던 설무검의 얼굴에 비로소 안도의 기색이 떠올랐다.

그가 서찰을 읽고 있는 동안 잘 훈련된 비둘기는 버드나무 가지에 앉아서 기다리고 있었다.

서찰을 읽고 난 그의 얼굴에 약간의 초조함이 떠올랐다.

철석간담인 그가 초조한 표정을 지을 만한 일은 아우 설영이 위급함에 처해 있다는 소식뿐이었다.

서찰에 의하면, 설영은 아직 당하현에 당도하지 못했다.

당하현에서 동쪽으로 삼십여 리 거리에 있는 비양현(泌陽縣) 인근의 야산에 숨어 있는 상태이며, 장도명이 이끌고 온 수백 명의 고수들과 몇 차례 싸우면서 도주하다가 야산으로 들어갔다는 것이다.

또한 장도명의 고수들이 야산을 포위한 상태에서 점차 포위망을 좁혀오고 있다고 했다.

설무검은 착잡한 얼굴로 비양현 쪽을 쳐다보았다.

그곳 어느 이름 모를 야산에서 설영이 안타깝게 형을 부르는 소리가 여기까지 들리는 듯했다.

"형님!"

그때 강 상류 쪽에서 양궁표가 달려오고 있었다.

"어찌 됐습니까?"

양궁표는 설무검에게 당도하여 거친 숨을 내쉬면서 물었다.

설무검은 묵묵히 서찰을 보여주었다.

양궁표가 서찰을 읽고 있는 동안 설무검은 비양현 쪽 하늘을 응시하면서 어떤 생각에 골몰했다.

서찰을 읽고 난 양궁표의 얼굴이 초조함으로 물들었다.

그때 설무검이 빠른 어조로 지시했다.

"궁표, 영아에게 한곳에 숨어 있지 말고 최대한 남쪽으로 도주한 후에 산에 불을 지르라고 하게. 그 후에 산기슭 적당한 곳에 숨어 있으라고 전하게."

"알겠습니다, 형님."

남풍이 약간 거세게 불고 있었다.

다행히 설영이 야산의 남쪽 끝까지 도달할 수 있다면, 그래서 그곳에서 산에 불을 지른다면, 겨우내 바싹 말라 있던 산은 순식간에 불길에 휩싸이게 될 것이다.

양궁표가 종이와 세필, 먹통을 꺼내 서찰을 적고 있는 동안 나머지 사형제와 현조운, 곽정. 고선과 명한, 결사칠위가 차례로 도착했다.

모두 숨을 고르는 사이에 양궁표는 서찰을 전서구의 발목에 부착된 대롱에 끼워 하늘로 날려 보냈다.

그는 전서구가 당하현 쪽으로 힘차게 날아가는 것을 확인한 후 시선을 거두어 설무검을 바라보았다.

"형님, 이제부터 야산의 남쪽으로 가는 것입니까?"

설무검은 묵직하게 대답했다.

"아니다. 야산의 북쪽으로 간다."

"네?"

설무검의 두 눈이 살기로 번들거렸다.

"불길을 피해 야산에서 뛰쳐나오는 놈들을 주살한다."

"아……."

설무검은 양궁표 이하 모두를 쉬도록 했다. 먼 길을 쉬지 않고 달려왔으니 쉬어야만 한다.

이대로 계속 달려가서 설영이 있는 곳에 도착한들 기진맥진한 상태가 되고 만다. 그래서는 장도명이 이끄는 고수들을 효과적으로 상대할 수가 없는 것이다.

원래 호랑이는 토끼 한 마리를 사냥할 때에도 최선을 다하는 법이다.

*　　　*　　　*

"여긴 좋지 않아. 이동하자."

설영은 한동안 숨어 있던 언덕 중간쯤의 바위 사이에서 조심스럽게 나오며 주위를 살펴보았다.

다행히 장도명의 수하들은 이 근처에서 그림자도 보이지 않았다.

설영의 뒤를 따라 단소예와 정미, 철염이 몇 개의 커다란 바위들이 서로 얽혀서 그 안쪽에 하나의 공간을 만든 곳에서 줄지어 나왔다.

설영은 고개를 들어 언덕 위쪽을 쳐다보았다.

언덕은 하나의 봉우리로 이어져 있었으며, 그 봉우리는 백오십 장 정도의 높이로 꼭대기를 제외하곤 앙상한 잡목에 뒤덮여 있었다.

그리고 설영 일행이 있는 위치는 봉우리가 시작되는 아랫부분으로 숲에서 사십여 장의 높이였는데, 그 정도에서도 숲이 한눈에 내려다보였다.

설영을 비롯한 모두들 자세를 한껏 낮춘 채 긴장된 얼굴로 주위를 살피고 있었다.

중상을 입은 사람은 없지만 네 사람 모두 몸 여기저기에 자잘한 상처들을 입은 상태였다.

반나절 사이에 무려 세 번의 싸움이 있었다. 아니, 그것은 싸움도 뭣도 아닌 마구잡이 아귀다툼이었다.

장도명이 이끌고 온 자들은 고수와 무사들이, 그리고 갖가지 복장을 한 여러 집단들이 한데 뒤섞여 있었는데, 자기들끼리는 식별이 가능할는지 모르지만 설영 일행이 볼 때는 어중이떠중이 오합지졸이었다.

그런데 그 오합지졸이 상상을 초월하는 무서움을 발휘하고 있었다.

일단 그들은 수가 너무 많았다. 설영 일행은 세 번의 싸움을 치르고 나서도 도대체 그들의 수가 얼마나 되는지 가늠하지 못했다.

하여튼 아무리 죽여도 사방에서 끝없이 꾸역꾸역 몰려드는 데에는 당해낼 재간이 없었다.

또한 그들은 죽는 것을 추호도 두려워하지 않았다. 하찮은 미물들조차도 죽는 것을 두려워하는 것이 자연의 이치이건만, 그들은 인간이면서도 아예 나 먼저 죽여달라는 식으로 아귀같이 덤벼들었다.

그런 모습은 단소예와 정미는 물론 철염과 설영까지도 은근히 두려운 마음이 들게 만들었다.

더구나 그들의 무공 수위는 들쭉날쭉했다. 하오문의 잡배들 수준을 겨우 벗어난 자들이 있는가 하면, 이삼류 고수도 수두룩했으며, 심지어는 일류고수 정도의 놀라운 무위를 발휘하는 자들도 상당수 포함되어 있었다.

설영은 그들이 녹림과 사파의 고수 혹은 무사들일 것이라고 짐작했다.

아마도 무사 수준은 녹림 무리일 테고, 고수 수준은 사파 고수일 것이다.

설영 일행 네 사람이 도대체 몇 명인지 헤아릴 수도 없을 만큼 많은 녹림, 사파 고수들과 싸우는 광경은 마치 망망대해

한복판에서 끝없이 밀려오는 파도와 맞서 싸우는 것이나 다름이 없었다.

녹림, 사파 고수들은 설영 일행의 상대가 되지 못했다.

하지만 그 수가 수백을 헤아릴 때에는 양상이 완전히 달랐다.

설영 일행은 그들과 싸울 때마다 번번이 패해서 도망쳐야만 했고, 그 과정에서 모두 몸 여러 군데에 적지 않은 부상을 입었다.

그리고 마지막 세 번째 싸움에서 패퇴하여 도주하다가 지금 이곳으로 숨어들었던 것이다.

그것이 불과 반 시진쯤 전의 일이었다.

설영은 단소예와 정미, 철염의 얼굴을 차례로 살펴보았다.

세 사람은 설영과 시선이 마주칠 때마다 미소를 지어 보이면서 괜찮다는 듯한 표정을 지어 보였다.

하지만 설영은 그것이 자신을 위로하려는 억지 미소라는 사실을 알고 있었다.

"소가주, 저길 보십시오."

그때 철염이 가볍게 놀라면서 언덕 아래쪽을 가리켰다.

그가 가리키는 곳은 언덕 아래 동쪽 숲인데, 울창한 잡목 숲 사이로 거뭇거뭇한 인영 몇 개가 보였다.

그들을 발견한 설영은 자신도 모르게 눈살을 찌푸렸다.

검은 계통의 복장은 사파 고수들이었다. 그리고 붉거나 녹색, 황색 쪽의 옷은 녹림 무리들이다.

숲에서 사파 고수들을 발견한 설영 일행은 누가 시키지도 않았는데 본능적으로 한껏 몸을 낮추어 거의 바닥에 엎드리는 자세를 취했다.

"겨우 서너 명 정도에 불과……."

바위에 몸을 가린 채 숲을 굽어보던 정미가 나직이 중얼거리다가 입을 다물었다.

방금 전까지만 해도 나무 사이로 보이는 사파 고수는 서너 명뿐이었다. 그런데 정미가 말하고 있는 사이에 꾸역꾸역 그 주변에서 십여 명, 아니, 수십 명이 모습을 드러내고 있었다.

"저… 저기."

입술을 깨물던 정미가 이번에는 다른 방향을 가리켰다.

그곳은 북쪽인데 녹색, 황색, 홍색의 복장을 한 자들, 즉 녹림 무리들이 숲에서 개미 떼처럼 꾸물꾸물 모습을 나타내고 있는 것이 보였다.

그때부터는 누구도 방향을 가리키지 않았고, 적들이 나타났다는 말도 하지 않았다.

설영이 어떻게 할 것인지 결정을 내리지 못하고 있는 잠깐 사이, 동쪽과 북쪽 숲에서 나타난 녹림과 사파 고수들의 수는 무려 삼백여 명에 달했다.

그러나 그걸로 끝이 아니었다. 쳐다보고 있는 중에도 그 수가 계속 불어나고 있었다.

설영은 더욱 자세를 낮추어 언덕의 반대 방향으로 빠르게 다가갔다.

단소예와 정미, 철염이 마치 아교풀이라도 발라놓은 듯 설영의 뒤를 바짝 따랐다.

언덕 반대 방향의 좌측은 남쪽이고 우측은 서쪽이었다.

그런데 그 두 방향에서는 동쪽과 북쪽보다 더 많은 녹림, 사파 고수들이 몰려들고 있었다. 얼마나 많으면 숲의 나무들보다 그들의 수가 더 많게 보일 정도였다.

웬만한 일로는 낙담하지 않는 설영이지만, 지금만큼은 온몸의 맥이 탁 풀렸다.

숲에서 녹림, 사파 고수들이 없는 곳은 지금 설영 일행이 있는 언덕과 그 위쪽 봉우리뿐이었다.

그제야 설영은 한 가지 사실을 깨달았다.

아까 마지막 세 번째 싸움에서 설영 일행이 놈들과 싸우다가 가까스로 도망쳐 나온 것이 아니라, 놈들이 일부러 놓아준 것이었다는 사실을.

놈들의 목적은 설영 일행을 한군데로 몰아넣어 포위한 후에, 사방에서 밀어붙여 압살하는 것이었다.

그리고 그 장소로 이곳 언덕과 봉우리가 선택된 것이다. 그것을 지금에서야 깨달은 것이다.

설영이 그런 생각을 하고 있을 때 단소예와 정미, 철염도 같은 생각을 하고 있었다.

"음……."

설영은 자신도 모르게 무거운 신음을 흘렸다.

여태껏 절망과 포기를 모르고 줄기차게 내달리는 모습을 보여왔던 그의 신음은 다른 세 사람의 마음을 납덩이처럼 무겁게 만들었다.

하지만 사태가 워낙 심각하여 설영은 자신이 신음을 흘렸다는 사실조차 모르고 있었다.

"영아, 어서 여길 빠져나가야겠어."

정미가 초조한 얼굴로 중얼거렸다.

설영은 잠시 생각하다가 어떤 결정을 내렸다.

"각자 한 방향씩 맡아서 지켜보자. 그래서 가장 약한 곳을 뚫고 나가자."

설영은 남쪽 방향에 그대로 남고, 단소예와 정미, 철염이 각자 네 방향으로 빠르게 흩어졌다.

설영은 이대로 이곳에서 적을 맞아 싸울 수는 없다는 판단을 내렸다.

그럴 경우에는 몇 명인지 셀 수조차 없을 정도로 많은 적들을 모두 상대해야만 한다.

그렇지만 한 방향을 선택하여 돌진하면서 싸우면, 최소한 적 전체 세력의 사분의 일, 어쩌면 그 이하의 수와 싸울 수 있게 될는지도 모르는 일이다.

"영랑, 저길 보세요."

그때 동쪽 방향을 살피던 단소예가 긴장된 목소리로 나직이 설영을 불렀다.

설영은 재빨리 그녀에게 다가가 가리키는 곳을 쳐다보다가 아름다운 얼굴이 보기 싫게 일그러졌다.

"으음! 장도명……."

그리고 그의 악다문 이빨 사이로 짓이기는 듯한 중얼거림이 흘러나왔다.

동쪽 숲의 어느 공터에 건장한 네 명의 장한이 멘 한 대의 화려한 교자(輪子:가마)가 모습을 드러내고 있었는데, 그 위에 장도명과 홍월이 나란히 앉아 있는 모습이 보였다.

두 사람은 사방이 가려진 마차 안에서 서로 부둥켜안은 채 질탕한 짓거리를 하던 것과는 달리, 주인과 종 같은 단정한 모습으로 앉아 있었다.

장도명은 입가에 흐릿한 미소를 머금은 채 설영 일행이 있는 언덕을 쳐다보고 있었다.

그는 설영 일행이 있는 곳을 정확하게 알지는 못하지만, 언덕 위에 있을 것이 짐작하고 있는 것이 분명했다.

설영의 시선이 장도명의 왼팔로 향했다.

장도명의 왼팔 소매는 헐렁해서 미풍에 펄럭이고 있었다.

그의 왼팔은 낙양성에서 설영에게 잘렸었다. 그것 때문에 그는 더욱 설영에게 원한을 품고 있었다.

설영의 시선이 이번에는 장도명의 얼굴에 고정되었다.

득의함으로 번들거리는 눈빛과 비틀린 듯 떠오른 간교한 미소가 설영의 눈에 어른거렸다.

설영은 당장이라도 쏘아가서 장도명의 목을 베고 싶은 것을 간신히 참았다.

"소가주, 적들은 대략 천오백 명 정도 됩니다."

그때 적의 수를 세어본 철염이 다가와 공손히 보고했다.

네 명 대 천오백의 싸움.

설영을 비롯한 모두의 얼굴이 돌덩이처럼 굳어졌고, 한동안 아무도 입을 열지 않았다.

"백봉령루의 비합전서예요."

그때 단소예가 머리 위를 가리키면서 밝은 표정을 지었다.

그녀는 마치 저 비합전서에 이곳을 빠져나갈 수 있는 방법이 적혀 있기라도 한 것 같은 표정을 짓고 있었다.

설영이 한쪽 팔을 들어 보이자 전서구가 그를 발견하고 쏜살같이 급강하해서 날아내려 왔다.

전서구가 지상에서 삼십여 장 높이에 이르렀을 때.

쐐액!

어디선가 날카로운 파공성이 터지면서 한줄기 붉은 빛살이 허공을 가르며 전서구를 향해 일직선으로 쏘아갔다.

"안 돼!"

정미가 자신도 모르게 단말마적인 비명을 터뜨렸다.

팍!

설영 일행이 쳐다보고 있는 사이에 붉은 빛살은 전서구의 몸통에 정확하게 적중되었다.

"아……."

몸통에 한 자루 붉은색 비수를 꽂은 전서구가 비틀거리며 날아가다가 숲을 향해 추락하는 것을 보면서 모두의 얼굴에 절망적인 표정이 떠올랐다.

마치 생명줄을 놓친 것처럼…….

교자 위에 우뚝 서 있는 홍월의 입가에 요염한 미소가 매달려 있었다.

그녀의 풀어헤쳐진 앞섶 안쪽에는 십여 자루의 붉은색 비수들이 일렬로 나란히 꽂혀 있었다.

방금 전에 비수를 쏘아낸 사람은 바로 그녀였다.

"여기 있습니다."

사파 고수 한 명이 전서구의 발목에 묶여 있는 가느다란 전통에서 돌돌 말린 서찰을 꺼내와 장도명에게 공손히 바쳤다.

"후후… 설영이라는 놈. 이제 보니 백봉령루와 교신을 하고 있었던 게로군."

장도명은 흐릿하게 미소 지으면서 서찰을 펼쳤다.

그런데 서찰을 읽어내려 가던 그의 표정이 한순간 돌덩이처럼 굳어져 버렸다.

영아, 즉시 야산의 남단으로 가서 남풍을 이용하여 야산에 불을 질러라.

불길이 절정에 이르러 놈들이 야산에서 도망쳐 나오면, 나는 북쪽에서 놈들을 공격할 테니 너는 남쪽의 불길이 미치지 않는 은밀한 곳에 숨어 있도록 해라. 이후 내가 널 찾도록 하마.

형(兄), 무검(武劍).

"형, 무검이라면… 중천절인 검신 설무검이라는 말인가?"

한참 만에야 장도명은 억눌린 듯 신음처럼 겨우 중얼거렸다.

장도명은 갑자기 머릿속이 텅 빈 것 같은 기분이었다.

그가 쥐고 있는 서찰에는 도대체 말도 안 되는 내용이 적혀 있었다.

그렇지만 설영을 영아라고 부르고, 스스로를 형 무검이라고 밝힐 사람이 천하에 과연 누가 있겠는가.

중천절 검신 설무검 한 명뿐이지 않은가.

"정… 말 검신일까요?"

어깨 너머로 서찰을 보고 있던 홍월이 잔뜩 긴장한 얼굴로 중얼거렸다.

장도명은 미미하게 고개를 끄덕였다.

"그런 것 같다."

"그럼 어떻게 하죠? 우린 서둘러서 도망쳐야 하는 것 아닌가요?"

홍월의 얼굴에 긴장감과 더불어 두려움이 한 겹 덧쓰여졌다.

장도명은 잠시 침묵했다.

설영을 죽일 수 있는 이런 천재일우의 기회를 놓쳐야 한다는 말인가.

아니, 그보다는 중천절 검신 설무검이 생존해 있다는 사실이 더욱 놀라웠다.

문득 장도명의 입가에 잠시 사라졌던 미소가 희미하게 떠오르기 시작했다.

"흐흐흐… 한번 해볼까?"

"무… 엇을요?"

홍월이 놀라 물었다.

"내가 중천절을 죽이는 것 말이다."

"……."

홍월은 너무 놀라서 입을 크게 벌린 채 뒤로 주춤주춤 물러났다.

장도명은 홍월과 대화를 하고 있는 것이 아니다. 그는 지금 자기 자신과 대화를 하면서 의견을 조율하고 있는 중이다.

"흐흐흐… 내 손으로 중천절을 죽일 수만 있다면, 그거 굉장한 일이 아니겠느냐? 어차피 녹림이나 사파 놈들 손을 빌리는 것인데 손해나는 일도 아닐 테고 말이지."

장도명의 눈이 사악하게 번들거리기 시작했다.

『독보군림』 8권에 계속…

血夜狂舞

혈야광무

무조 新무협 판타지 소설
FANTASTIC ORIENTAL HEROES

**핏빛 밤의 미친 춤사위 속에
무림을 뒤덮은 어둠은 더욱 깊어져만 간다.**

희대의 살인마이자 천하제일인이
마지막으로 남기고 간 비급, 그리고……

"네 몸속에 흐르는 피는 우리와 달라서
무공을 익히면 너희 아버지처럼 살인마가 될 거라고 하셨어.
이제 알아들었냐? 넌 절대 무공을 익힐 수 없다고!"

똑똑히 새겨들어.
살인마의 피가 아니라, 천하제일인의 피다!

기다려라. 내가 무인이 되는 순간,
그 참혹했던 날의 악몽을 되돌려 주마.

**혈야광무(血夜狂舞)!
핏빛 밤의 미친 춤사위를……!**

fly me to the moon
플라이 미 투 더 문

새로운 느낌의 로맨스가 다가온다!

판타지의 대가 이수영 작가의 신작!
드디어 판매 카운트다운!

플라이 미 투 더 문 | 이수영 지음

판타지의 대가, 이수영. 그녀가 선보이는 첫 번째 사랑이야기.
사랑, 질투, 음모, 욕망……
상상한 것 이상의 절애(切愛), 그 잔혹한 사랑이 시작된다.

온전히, 그의 손에 떨어진 꽃. 잡았다.
짐승의 왕은 즐거웠다.

인간, 그리고 인간이 아닌 자.
절대로 이어질 수 없는 두 운명이 만났다!
사랑 혹은 숙명.
너일 수밖에 없는 愛.

1998년 〈귀환병 이야기〉
2000년 〈암흑 제국의 패리어드〉
2002년 〈쿠베린〉
2005년 〈사나운 새벽〉

그리고 2007년,
『FLY ME TO THE MOON』

유행이 아닌 자유추구 -
WWW.chungeoram.com
BOOK Publishing CHUNGEORAM

입소문을 통해 아는 분은 다 알고 계십니다!
올 한해 공인중개사 최고의 화제작!

1~2권 합본 | 이용훈 지음
3~4권 합본 | 이용훈 지음
5~6권 합본 | 이용훈 지음
용어해설 | 이용훈 지음

수험생 기본 필독서
만화 공인중개사

제목 : 만화공인중개사 쓰신 분에게 감사드립니다.

학원을 두 달 다녔어요. 근데 과연 그 숫자 외우기 그런 게 몇 문제나 나올까 생각을 했어요.
아니라는 생각이 드네요. 학원강의를 뒤로하고 서점을 갔어요. 내 머리에 가장 이해될 수 있는
책이 없나 하구요. 거기서 만화를 발견했어요. 무조건 세 번 봤어요. 3개월 걸렸어요. 문제집을 보라고
했는데 그건 시행을 못했어요. 근데 합격을 했네요.
어떻게 감사의 말을 해야 될지……
도서관에서 만화책 들고 다니니까 사람들이 비웃더라구요. 만화책으로 공인중개사를 공부한다고
미친 사람처럼 보더라구요. 근데 그거 다 감수하고 했던 내가 자랑스럽습니다.
어떻게 감사의 말을 해야 할지… 정말 감사합니다.
부디 행복하세요. 제 나이 41살에 좋은 스승을 만난 것 같습니다.
엎드려 감사드립니다.

－본사 홈페이지에 독자분이 올린 메일 中 에서 발췌－